GAEA

GAEA

案簿錄 貳

惡鄰

めいわくなりんじん。

護玄——著

目錄

人物介紹

虞因
大學生，有自然捲，髮色大多時間是褐色的(萬年染色款)。性格愛玩有點衝動，經常和同學出入夜店與夜遊，不過遇到正事時又很沉得住氣。有陰陽眼。
少荻聿
高中生，黑直髮紫色眼睛。皮膚白皙，有外國血統。因為家裡發生滅門慘劇受到很大打擊，變得不願／不能說話，但是個性細心，在語言方面很有才華。

虞佟
阿因的父親。警員，黑髮娃娃臉(有著高中生般的面孔)脾氣非常溫和，擅長烹飪，因為曾經重大車禍關係所以視力衰弱。
虞夏
虞佟的雙生兄弟，阿因的二爸。警員，脾氣非常暴躁但辦事效率極佳，指著他叫小鬼必定會被揍。目前在刑事組任職，幾乎整年都在跑現場查案。
嚴司
撈過界的法醫，暫時到本市警局支援法醫工作。興趣是遊玩人間，不過經常加班趕工沒得玩。

我，不想死。

人是一種群聚動物。

能獨立生存而不在人群社會中的人，幾乎微乎其微。

從獨立散落的房舍，演變成緊密的排房，從比鄰而居，演變成高密度的樓層。

就像是逐漸交織的網狀，人與人的空間漸漸越來越細密接近。

當，陌生人只隔了一扇牆，與你的生活空間如此緊密時，你眞的能夠完全相信幾乎是與你住在同一處的他人嗎？

眞的能嗎？

她蜷著身體哭泣著。

手上的傷、身體上的傷，還有不斷和鮮血一起掉落染紅的眼淚。

不管怎麼哭泣、如何將自己藏在角落裡，永遠都已經無法回到最原始的自己了。

爲什麼會是自己？

那些原本以爲和自己無關、不會發生在自己身上的事情，卻在毫無預警下降臨了。但是自己並沒有做錯過任何事，爲什麼要找上她？

如果可以，她眞的、眞的好想殺死對方。

他的住處，是一個小型大樓社區。

三棟主體，十二層樓，每層兩戶雙鄰，是平價的地段。

趴在工作桌上，懶洋洋地一點都不想動，上午的時間還無法完全清醒，就放在臉邊的美工刀沒有完全收起，刀鋒就閃著銀光對著他，但還是不太想動。

嘆了口氣，在熱水煮滾後，撐起身去煮泡麵當早餐，實際上也可以自己煎個蛋或吐司之類的，但是一點都不方便。

就在想著還是去買一些乾糧和維他命回來、可以連水都不用煮時，門鈴突然響了。

有點懶洋洋地拖著腳步去開門，門一開，就看到某張他完全不想看見的臉，他幾乎完全沒有猶豫便瞬間甩上門，然後門被對方重新推開了。

無言地看著不受歡迎的訪客，他搔搔臉、聳肩，無奈地只好讓對方進門。「黎學長，我最近應該沒有做什麼讓你必須登門拜訪的事情吧？」

他已經，很久很久不和警方的人打交道了。

「沒有。」訪客一如記憶中般簡單回答著。

「嚴司那個死人骨頭的事情應該跟我沒關係吧。」他踢開掉在地上的錐子和雕刻刀，然後把牆邊的椅子推過來，「我是指之前新聞鬧很大的那件。」

「沒有。」訪客環顧著客廳，幾乎沒有什麼該有的家具，只有兩張堆滿各種東西的工作桌、一台發出怪聲的電腦、被丟在角落半毀的沙發和兩張椅子，但是整個客廳中最顯眼的莫過於一地的石膏，有人像、有動物，更多是根本看不出什麼的怪異生物。

他一屁股坐在亂七八糟的地板，順手拔走還插在屁股旁木地板上的刀具，「鄰居抗議噪音？」

「就我知道的，你的隔音設施做得非常好，所以也是沒有。」訪客還是搖頭。

「發生了外星人犯下的重大刑案？」他疑惑歪著頭，繼續詢問，「所以要做擬雕？」

「沒有。」

「那為什麼你會來找我？」他抓起一把頭髮，這才發現自己的頭髮老長了，平常都沒什麼在看鏡子，根本沒感覺，視線被遮到時也是拿美工刀隨便割一下，「我最近什麼也沒有做。」

訪客輕輕地嘆了口氣，「你以前是很優秀的學弟。」

「喔，敘舊啊。幸好你沒帶嚴司那個渾蛋，不然我可能會把他插在地板上。」打了個哈欠，他慢慢地爬起身，打開了冰箱，裡面只有許多礦泉水，他就隨意丟了瓶給對方。

接住了水，訪客有點無言地看著水瓶，然後再看向客廳角落堆著的大批空瓶，「你這樣生活眞的很不健康。」

「健康……人發明的那兩個字嗎？」他笑了下，「健康是指這個身體的健康？要隨時補充人認知的物品才能維持最佳狀況嗎？那是誰規定的，如果人本身對世界就是個不好的存在，對於其他物體來說是不健康的，那人和菌沒兩樣。畫上等號的話，不管是吃什麼，都沒有太大的差別，所以只要維持基本能夠活動的量就夠了。」

「你還是跟以前沒兩樣。」訪客嘆了口氣。

「學長倒是有點白頭髮，案子很多吧。」拿過泡麵，他盤坐在地上，逕自開動了。

「你應該也有看到賴長安的報導。」看著電腦，螢幕上正快速跑動不同的新聞案件。

「說實話，他們竟然到現在才被抓，警方眞是能力不足。」握著叉子指向了西裝筆挺的訪客，他說著：「失敗。」

「……爲什麼你最後選擇休學？」訪客始終都搞不清楚這點。

「因爲不想讀了。」他給了很久以前曾說過的答案，「學年第一很可惜嗎？連續兩年都是第一，這又代表什麼。我，第一，不會一輩子都是等號，那麼多人角逐，最後下場都是第一嗎？人把一生困在這兩個字上面，有什麼好處？畢業之後，爲什麼要爲不認識的人服務？既然我在學校讀到的字，和不在學校的差不多，那麼不管在哪裡都畫上等號。」

「我還是不明白。」

「黎學長，你是好人，如果下次你來可以不要那麼囉唆，我會覺得你人更好。」

知道對方在下逐客令，於是訪客也站起身，「我介紹你可以搬到這裡來，是因爲附近有很多餐廳，最起碼不要將自己餓死在屋裡。」

「好人，擔心你自己吧。」放下空碗，他躺在充滿灰粉的地板，看著已經走到玄關的訪客，「你們在追的那個人只是在玩而已，玩的話，會下意識找最弱的獵物下手。」

「如果你能告訴我，你所知道的，我會更謝謝你。」

他勾了笑。

「我和警方並不是等號。」

1

新聞快報，中市割喉之狼再起，已有四人受害，夜歸女性人心惶惶，據報凶嫌犯案時以布料蒙面藉以掩蓋面目，警方依照線索追緝中……

「你去找那個神經病了啊？」

週日的中午，嚴司邊打包損壞不用的物品，邊發出惹人嫌的話。

站在一旁幫忙的黎子泓直接賞了他一記白眼。

「我早就說過那傢伙啥都不會講的啦，他之前還被你抓去訓誡好一陣子，搞不好還在策劃要怎麼偷偷報復你咧。」看著他家很愛去碰釘子的前室友，嚴司嘖了聲：「不過他居然還沒死，我還以爲他早就應該變乾屍了。」

「是瘦了點。」黎子泓也覺得對方說不定已經快要變乾屍了。

「嚴大哥，你們在說誰啊？」剛丟完垃圾從外面走進來的虞因剛好聽到最後那兩段，

「你認識什麼乾屍嗎？新案子？」最近好像沒有聽說有什麼乾屍案子啊？

「被圍毆的同學，認識乾屍算是我的專門科，但認識殭屍應該就是你的必修科了，有沒有想要好好培養一下你未來得力助手？」嚴司把整箱爛掉的東西放在一邊。上次要殺他的渾蛋來他家搞壞不少東西，門鎖全都要換不講，還破壞他家的桌椅、地毯、枕頭、棉被什麼的，害他最近有時間就要來整理更換一下，好好的假期都不能休息。

雖然大家都強迫他要趕快更換的是新家。

「殭屍算什麼助手啊！」來幫忙的虞因沒好氣地罵了句。

「你不覺得養小鬼跟養殭屍兩個講起來，養殭屍好像比較威風嘛！起碼大家都看得到。」嚴司還一本正經地回答對方。

虞因深呼吸了一下，才沒上前去掐死他，「……所以你們剛剛在講什麼乾屍啊？」

「喔，是在講大檢察官的一個學弟。」嚴司指指旁邊的友人，「前幾年被我前室友抓去少年法庭，後來出來就常常搬家，我前室友偶爾會去看一下，確定他是不是還存在世界上，那傢伙最大的缺點就是常常把自己搞到和難民沒兩樣。」

「……你們學校眞的很微妙。」虞因聽完只有這種感想，之前有個賴長安，現在又有個學弟有不良紀錄。該怎麼說，會有嚴司這種人也好不到哪裡去，哪天看到他被通緝好像也都不奇怪。

「被圍毆的同學，你講這種話有失公允，你們學校還不是有人會通靈、有人莫名其妙比通靈的更會通靈。」嚴司斜眼看著居然敢說別人的傢伙，「然後一個堅持自己不是通靈，一個堅持自己只有直覺準，這到底比我們好到哪裡去啊？」重點是那個堅持不通靈的傢伙還每次都幫忙通靈找案子，不通靈的還協助辦案，難道這眞的是最近青少年的休閒娛樂嗎？

「……對不起我錯了，請繼續。」

「總之他學弟就是個妄想靠喝水和維他命過日子的人。」嚴司抓抓頭，轉向才剛去找過對方的友人：「大檢察官，他家不會又只有開水了吧？之前我聽不同區的學長、學弟他們說那傢伙被鄰居送好幾次急診了。」

「我去的時候，他有在吃泡麵。」黎子泓嘆了口氣，覺得這樣實在不好，但是比起什麼都不吃，算勉強可以接受。「可能是你最後一次做的事情的確有激怒到他，他到現在還想著要讓你發生命案。」

「想讓我發生命案的人多到可以排隊了。」無視兩個赤裸裸散發著「你也知道啊」這種氣息的友人們，嚴司自顧自地聳聳肩，然後露出壞笑：「人緣太好眞的沒辦法，他那種抱著玩玩的心態，是不可能眞的把我宰掉的啦。」眞的想殺他的人才不會一天到晚都嚷著要宰。

「所以那到底是什麼人？」對於他們的同學，虞因只知道做人很好的楊德丞和上次的賴長安，不過那個好像都是嚴司的同學就是，很少聽到黎子泓會主動聊到自己的同學。

「很歡樂的人。」嚴司比了記拇指，笑嘻嘻地說：「他搞瘋過他鄰居喔！是真的瘋到被帶去掛精神科那種瘋，我都想跟著試看看了。」

虞因轉向一邊的檢察官，決定聽聽眞話。

黎子泓很愼重地思考了半晌，然後才開口回答：「大概就是阿司負面幾倍那樣子的人，但是比我們都還要更聰明。」

「喂喂！你居然把我拿來跟那傢伙比，還說這種話，到底是要多沒禮貌！」嚴司馬上就抗議了，「我才跟他不一樣！」

「如果你沒有走這條路，不會這樣嗎？」黎子泓思考過很多次，如果眼前的朋友不是在白色這面，那麼會是多恐怖的黑？還是凶手？或者根本就是無法碰到的潛在性罪犯？

「不會啊。」連想都沒想，嚴司馬上回答，在對方有點欣慰時繼續接下去說：「我應該會吃飽飽地再去害人不會虐待自己，所以跟乾屍不同等級，他還太弱。」

「……」黎子泓沉默了。

所以那到底是怎樣的人啊？

被嚴司列爲有趣、被黎子泓這樣形容，虞因突然覺得那個所謂的乾屍有點可怕。

瞄了嚴司一眼，負面幾倍的話……

虞因在腦袋裡試圖拼湊幾個乘以幾倍的暗黑嚴司，但結論都是該打上馬賽克的東西，越想越驚悚就乾脆不想了。

「被圍毆的同學，你那個表情是怎麼回事啊？」看著臉上千變萬化的虞因，嚴司冷笑了聲：「十八禁的東西不要想太多會比較好喔。」

「誰在跟你想十八禁的東西。」虞因白了對方一眼，然後才想起之前被交託的事情，「對了，我大爸問說你到底有沒有去看房子？」出門時，自家兩個老子還一直吩咐他要催促某個不怕死的法醫快點換住處，但看來眼前的傢伙似乎完全不當一回事。

「我家還好好的啊，搬什麼搬。」把最後一包打結，嚴司一回頭就對上兩雙發出凶惡視線的眼睛。

「你不是答應會去看屋的嗎？」黎子泓沉下臉。

「我想來想去，搬去哪邊都沒差啊，何必這麼麻煩。」嚴司抓抓臉，不以為然地說著：「而且那傢伙受的傷沒一、兩個月不會徹底好，就算好了也不一定會再冒出來找我，現在大家都在盯著他耶，好歹也相信一下你家的警力。」

黎子泓冷冷地看著友人。

虞因看著不知死活的七月半鴨子，「嚴大哥，你最近應該沒有活膩了吧。」

「當然沒有，我的人生很愉快……好啦好啦，有空我會再去看看。」看了下時間，嚴司連忙把還想說什麼的虞因兩人往外推，「去去去，你們一個不是要去接小聿、一個和玖深小弟約好要看割喉之狼的遺落物，不要浪費時間了，快點該做什麼就去做什麼。」

「嚴大哥……」

「你……」

「我說，快給我滾出去！」

□

這是難得安靜的假日。

從早上開始都還沒發生什麼事情，他家兩個警察大人也都乖乖在休假，並沒有收到什麼臨時的召喚。

聿一大早就去圖書館。

虞因看著手錶，差不多是約好要去吃午餐的時間。

最近因為跑了個割喉之狼出來，所以虞佟讓他們出門盡量別落單。和一般襲擊夜歸女性不同，這個割喉之狼莫名地不太挑人，到現在為止的四個受害者都不一樣，分別為夜歸中年男性、清晨跑步的歐吉桑和兩名深夜回家的中年女性，看起來並沒有什麼共通點，地點也完全不相同。

四個人全都指認凶手都是無聲無息接近，然後用美工刀往他們脖子一劃，幸好都只有淺淺的割傷，並不嚴重。犯人犯案時都用布塊遮住臉，所以無法指認出長相，只知道應該是男人；案發路段也全都很偏僻，沒有可用的監視器。

幾番推測，很有可能是壓力太大，隨機犯案發洩的人所為，所以才沒有特定對象。

這件案子並不是虞夏的，割喉之狼犯案的時間點他們也正好在和蘇彰糾纏，所以虞因知道的部分大概也就這樣。

坐在摩托車上等人，他環顧了一下新的圖書館，這是最近才剛建好沒多久的大圖書館、就在也剛完成沒多久的法院對面，造型頗漂亮的，還在建造時聿就很期待的樣子，最近也越來越多人跑來拍照了，空間規劃得很大，也有設立一些表演區，感覺眞的很不錯。

「……」不過聿也太慢了。

他從嚴司那邊出來已經遲到了五分鐘，但到現在還沒看到人，都已經快要二十五分鐘了，該不會又在上面看到忘記時間了吧。

頂著大太陽又等了五分鐘，虞因終於有點不耐煩、也開始有點擔心了起來，基於等的傢伙有幾次擅自亂跑的紀錄，他想了想，乾脆把車子上鎖進去找人了。

很快地，他就看到他要找的人了，而且其實沒有很遠。

走幾步一轉進圖書館裡面後，他馬上就看到聿蹲在路邊，前面還有個黑黑毛毛的東西，「你在那裡幹嘛啊！」竟然就在旁邊而已！就不會先出來打聲招呼嗎，他在外面白白曬了快半小時的太陽！

蹲在樹蔭底下的聿轉過頭看他，然後指指前面那團東西。

走近之後虞因才發現是個人，頭髮很長亂散、全身穿著黑衣褲，難怪他乍看之下以為只有一團黑毛。那團人好像是個女孩子，面孔滿清秀的，不過皮膚很蒼白，骨架看起來也細，整個人很瘦小，瘦到幾乎有點不正常了，骨頭突出得很明顯，就這樣蹲在地上，旁邊還擺了聿從家裡帶出來的水壺。

說真的，如果是半夜看到，還真的會以為看到阿飄。

「中暑嗎？」這種大熱天穿最吸熱的黑衣，還把頭髮散成這樣，難怪會中暑。虞因也跟著蹲下來，形成三人蹲一圈的畫面，幾個路過的人看到，都加快腳步離開。

聿聳聳肩，表示也不清楚。

「妳住在附近嗎？」虞因看著一團毛發問，接著也注意到對方手上有很多傷痕，有新有舊，有的很像刀疤，也有瘀青什麼的，很可能是家暴之類的；最嚴重的大概就是十根指頭和手掌、手腕處，上面密密麻麻的全都是傷痕，仔細一看很嚇人。

對方瞥了他一眼，看似有點吃力地搖頭。

「……肚子餓？」他很明顯聽到咕嚕咕嚕的聲音。

這次對方連搖頭、點頭都沒了，只是側過臉，顯然在注視什麼地方。

跟裝啞巴的人打交道久了，虞因多少也有點心得，所以他也跟著看過去，視線正好落在不遠處的一棟大樓上，「不然我先揹妳過去？那邊該不會是妳家吧……」正好去看看是不是家暴，好順便幫忙打個電話報警。

一團毛動了一下，還真的往虞因背後爬上去，一邊的聿挑起眉，默了半晌只好跟著幫忙讓人穩穩趴好，再去撿回自己的水壺。

真的揹上來之後，虞因發現這個人實在是太輕了，輕到好像真的就只剩下一堆骨頭，讓他打從心裡覺得不妙，根本就是很嚴重地缺乏食物和營養。

他莫名就想起之前的雙雙，那個小女孩看到食物的表情，還有聿剛到他家時也是很瘦小，但是並沒有這麼恐怖，背後的骨頭連皮膚都是冰冷的。

……總之，先把人帶回家會比較好。

雖然揹一身骨頭不太費力，但揹著走一段路還是會累，尤其是在正中午的大太陽底下，好不容易快接近大樓時，虞因已經爆出一身汗了。

大概是因為休息時間，路上的人車還不少，不過就是沒人會來幫忙，大多就是匆匆路過一瞥而已。

「妳等等要不要跟我們一起去吃個飯？看妳這樣好像餓很久了，難道妳家都沒在煮飯的嗎？」試圖和身後的骨頭攀談，虞因盡量用比較輕鬆的語氣問道。

後面傳來一片死寂。

虞因和聿互看了一眼，只好再轉移話題，「妳是附近的學生嗎？高中生還大學生？」

依舊死寂。

如果不是對方有在呼吸，虞因還真的會以為已經死在他背上了……說不定直接這樣揹去打點滴會比較好一點，一堆骨頭硬邦邦磕得連自己的背都痛起來。

差不多快接近大樓時，正想把人放下來多問兩個問題，身後的人突然一把抓住他肩膀。

「怎……」

砰──

一個巨響打斷了他正要開口的話。

那是非常沉重的聲音，好像有幾十公斤般的重物從空中狠狠砸了下來，毫無阻礙地撞擊在地面上，甚至可以感覺到聲音的餘響迴盪在耳朵裡。

然後，是血腥味。

接著才是人們驚覺般的遲鈍尖叫聲，從上方傳來住戶的驚呼──

「有人跳樓了！」

□

被警方封鎖起的是具女屍。

沒有任何人知道爲什麼她會突然跳下來，等到發現時，她已經撞在地面上，部分身體在瞬間衝力下擠壓成泥，長袖、長褲下的肢體幾乎扭曲。

還有著一半面孔的腦袋整個爆開來，腦漿噴得老遠，連原本完好的形狀都沒了，炸出的血花在周圍環繞一圈。

趕來的警方人員在一邊的造景小樹上找到了顆噴出的眼珠子。

大樓一共十五層，正好在外面陽台晾衣服的住戶說看見她從十四樓的地方往外掉，頭和上半身部分先著地，才會死狀淒慘。

虞因就站在一邊被轄區員警詢問目擊狀況，因爲檢警前來還需要時間，先到場的警力就先開始過濾周遭的人。

問過一個段落之後，他才從詢問區退出來，接受詢問也差不多結束的聿也跑回來他旁邊，稍微環顧一下，就看到那個女孩子也蹲在公寓外圍，腳前面放著茶水跟餅乾。

「妳住在幾樓？」拉著好像有點不高興的聿走過去，虞因好心地問著：「要不要帶妳上去？」他剛剛被問時有稍微留意一下，發現警察似乎在這邊沒問出個所以然，就不知道從哪邊生出吃的東西給她，看來這種暴瘦的體型果然眞的太嚇人了。

對方微微偏頭看他，然後搖搖頭。

其實很想說妳再繼續蹲這樣人家眞的會以爲大白天見鬼了，虞因忍下來後咳了聲：「不然我先帶妳一起去吃飯？沒有錢沒關係，大家見面算朋友，免費請妳吃到飽。」

對方還是搖頭。

站在一邊的聿拉了他一把。

「呃……好吧，那我們先走了喔？妳一個人可以回家沒問題吧？」其實虞因多少也有感覺到對方好像不是很想跟他們去哪邊的樣子，唯一的目的似乎就是這棟大樓，根據經驗，還是先放她自己回去比較好。

果然，對方這次點頭了。

想了想，虞因於是就放著人，和員警打過招呼之後，便和聿一起先離開這個已經越來越多媒體包圍的現場。

正想回頭看一下那個女孩子，看她有沒有後悔時，周圍原本吵雜的環境在瞬間突然安靜下來。就像是有人按了靜音，剎那間什麼聲響全部都沒了，就連最基本的腳步聲也都不見。

他聽見低低的哭聲。

壓抑般，一聲又一聲地抽泣著。

一股冰冷的風不知道從哪裡吹來，像是某種東西滑過他的腳側，接著吹開了躺在地面上的屍體白布。

他就這樣看著，那塊布料好像被人從角慢慢地拉起來，一張染滿血又殘缺不全的臉正對著他，從那裡傳來了沒有人聽得到的抽泣聲。

然後，他猛然驚醒。

虞因用力地抽了口氣，整個腦袋是暈眩的，一抹才發現臉上全都是冷汗。再轉回去，屍體上的白布連動也沒有動過，依舊是蓋在死者身上，深紅色的血液在白色上染開了不少紅塊，讓布塊與肉密密地貼合在一起。

甩甩頭，正想把那種詭異的感覺甩開時，虞因才發現手臂一緊，一直站在旁邊的聿露出有點緊張的神色拉住他。

「沒事，先去吃飯吧。」努力地扯了個笑容，還有點暈暈的虞因努力打起精神，盡量讓自己先遠離這種自殺現場比較好。

長久打交道的經驗，他知道命案現場的阿飄都很凶，除了凶殺案以外，自殺的其實也不怎麼客氣……應該說怨氣重吧，會自殺的大多都有一種說不出來的冤氣，雖然很少遇到，但是虞因就是直覺不要去招惹會比較好。

對於自殺，他聽到比較多的是一般坊間的流傳，大多就是同學們講的，會一直重複死亡那瞬間的行爲直到什麼陽壽到了爲止。

但是，他看過的其實並不常有這種樣子。

那些自殺的人、自殺的阿飄……其實比看不見的人所知道的還要可悲。

「你們等等。」

打斷虞因思考的是很虛弱的聲音，虛弱到根本就只有很低的氣音，他頓了一下才意識到好像是在叫他們。

回過頭，果然看到那個毛毛的女孩子搖搖晃晃地站起來，蒼白的臉看著他們這邊。正想問她是不是需要幫忙時，虞因讓兩個小孩撞了一下，接著一堆亂七八糟的記者衝過去要採訪居民和員警，一陣混亂之後他再站定，那個女孩已經不見了。

「奇怪。」拉著聿，虞因跑回了剛剛她蹲的地方，但是眞的找不到人了，「……算了，走吧。」大概是對方看記者那麼多也不想惹麻煩吧。

他轉過頭，往來時的方向走。

身後，依舊傳來那有一聲沒一聲的哭泣聲。

□

「死者是住在十四樓的學生住戶。」

下午一點四十八分的時刻，一名譚姓女性自十四樓住家墜落，初步勘查，女大學生住處內收拾整齊，陽台處擺放著一雙室內拖鞋，無遺書、無入侵跡象，懷疑是一時想不開輕生。

被打電話叫出來的嚴司翻開一半白布，瞇起眼睛看著摔得亂七八糟的屍體，「嘖嘖，本來長得多好看，何必用這種方式想不開，十八姑娘一朵花，何必提早變豆花。」

站在一旁的黎子泓直接撞了某法醫一下，都說過不要在現場和死者前亂講話，到現在還是改不過來，「看起來似乎沒有什麼可疑。」

「生前墜樓。」拉起死者的手，嚴司摸著骨頭斷裂的情況，然後又看看染血的手指，「也沒有打鬥抵抗痕跡，回去檢查一下應該就可以開證明了。」話說，他今天休假耶……他是要休假在家的耶，爲什麼要因爲沒事就被一通電話叫出來！而且那通電話還不是找他的，是隔壁這傢伙的！

「嗯。」也看不出哪裡可疑的黎子泓點點頭站起身，聽著早到的員警們收集來的訊息，他思考著等家屬來無異議後應該就可以結案了吧。

最近，像這樣的自殺案件越來越多了，而且年齡層廣泛，像是傳染病一般不斷蔓延。

事實上這類事件不是他負責的範圍、也不用特地趕到，不過剛好今天也在這一帶走動，接到認識員警的來電後，黎子泓也就順路過來了。

看著屍體被清理離開，他抬頭望著高高的大樓和被切割開的天空，不知道死者在落下來那瞬間想的會是什麼。

「唔，你欠我一頓飯。」站起來拉拉筋骨、疏鬆一下蹲到有點僵硬的四肢，嚴司跟著往上看，「是說，剛剛有聽到你家小警察們在討論，說這個死者同學有在講她這半年來課業一落千丈，一直跟不上學校進度，大概又是一個學業壓力想不開吧。」

他就是覺得很奇怪，學業壓力又不是啥問題，就算科科考零分，人生還是有出路吧，看他家同學現在餐廳經營得多好，學校分數又不代表百分之百的人生，都敢跳了，幹嘛不敢去面對選擇另外一條路。

嚴司聳聳肩。

收回視線，黎子泓沉默了幾秒，有點複雜地告訴友人剛剛員警私下跟他講的話：「阿因他們好像是現場目擊者之一。」

「……」嚴司面無表情地看著前室友，「又一跳跳出冤情嗎？」上次不是才發生過類似的事情嗎！還一跳跳出頭獎！難道這次是要二獎了嗎！

「不，聽說好像是真的路過，他們也沒有逗留很久，留下記錄後就走了，我看了一下也沒什麼問題。」這就是黎子泓有點糾結的地方，這裡離圖書館很近沒錯，他們早先也知道虞因會來這邊和聿碰面，但是員警告訴他的是：他們兩個是步行離開的。

虞因為什麼會走到這棟大樓來？

大樓四周並沒有什麼餐廳和飲料店，也沒有書局等會引起他們興趣的地方。

但是記錄上也沒有任何問題，就真的寫著路過。

看著已經開始內心糾結的友人，嚴司憐憫地拍拍他的肩膀，「我看，我好人做到底，陪你跑一趟。」反正他今天也休假嘛。

正常來說，如果這是一起跳樓自殺案件，等家屬來確認和開證明就差不多可以結案了。

但如果是有虞因路過的自殺案件，就算案子外表看起來百分之百正常，他們這些打交道打過很多次的周遭友人也會打從心底覺得不正常。

該怎麼說呢，嚴司覺得應該叫虞夏他們規勸自己的小孩不要沒事亂跑亂路過，不然很容易造成別人心理壓力。

他旁邊現在就有個血淋淋的例子。

「……好。」黎子泓最終還是點點頭。

「先從鄰居開始？」

「好。」

□

「死者交往單純，承租的是大樓房間，同屋子裡還有另外兩個同校室友，並沒有其他不對勁的地方。」

傍晚，各大媒體在新聞上播報著又一起跳樓自殺案時，虞夏正在家裡邊看新聞邊收著傳眞，然後唸著上面的內容給一旁的兄弟聽：「死者兩名室友平日都在打工，約晚上十一點左右才會回家，學校和家庭方面也沒有任何異常，平常也都有聚在一起吃飯聊天，只有這一、兩學期死者學業跟不上的狀況出現而已。」

「嗯？那有什麼不對勁嗎？」難得有假期，正在整理東西的虞佟走過來，接過了私人傳眞，上面就是草寫了一些字與圖，看起來是很簡單的現場筆記。

「看起來是沒有，隔壁兩邊一戶住單身女性，一戶住一對年輕夫妻。案發時，那名女性正在做瑜珈；夫妻中的太太去買午餐，丈夫在家裡幫忙晾衣服，死者跳下去時，丈夫正好目擊，幾乎同時間也有下層的住戶看見她從上方墜落。」看著新聞上一臉莫名其妙的鄰居們，虞夏抓抓臉，「看起來沒任何異常，死者本身也有在兼差打工支付房租，經濟上無問題，應該眞的是學業壓力自殺。」

「那黎檢察官爲什麼要傳非正式給你？」虞佟把紙張整個看過一遍，也不覺得有什麼問題。

「……你寶貝兒子路過。」虞夏只覺得拳頭有點癢，很想去拜訪一下造成別人不安的傢伙，「所以黎檢就去跑了一趟，也沒發現什麼，想說也傳給我們看看，說不定是他自己想太多了。」

「……」虞佟無言地看著自家兄弟。

「眞是欠揍，跟他講過幾次不要到處亂跑，連跳樓案件都可以扯上關係。」翻看了下，後面還有一、兩張是學校同學的證詞，和死者打工處問來的，也都沒什麼特別奇怪的地方，大多都是提了似乎因爲課業落後心情不好，有幾個比較要好的同學說了前不久還找她出去玩和看電影，都覺得她也提不起勁，沒想到會發生這種事。

虞夏偏頭想了想，再把紙張翻到另一面，「如果硬要說哪兒奇怪，似乎也不是沒有。」

「哪邊？」

「死者的租屋處到她家只有二十分鐘左右的車程，但她的租屋處離學校也有一段距離，也是二十分鐘，她是本地人。」直接在地板上坐下來，虞夏將紙張全都攤開平放，支著下頷再檢視過，「室友說她每週都會回家，有時候從學校下課會回家吃飯再到租屋，偶爾也會在家中過夜。」

「聽起來應該不是和家裡爭吵搬出來。」在對面坐下來，虞佟接過了背景記錄，稍微看了下之後也沒有什麼大問題，就是租屋處的位置怪了點，「明天要去她家跑一趟嗎？」

虞夏冷哼了聲：「現在變成我們想太多了是吧。」一個虞因路過可以讓他們這麼緊繃，實在是了不起。

「不跑嗎？」

「嘖。」

就在虞夏皺著眉、想再重看一次哪邊有問題時，大門處正好傳來開鎖的聲音，轉過頭就看見剛剛還在討論的事主推開門。

基於現在不在家裡討論太多案子的默契，他們很快收掉了地上的紙張站起身，就看到虞因和聿一前一後地出現在玄關脫鞋，手上還照慣例提著不知道哪家店帶回來的點心盒。

「要吃飯了，點心先拿去冰。」照往常般，虞佟隨口吩咐著，放好鞋子的聿抱著點心盒很快就跑進廚房小心翼翼地放點心，回頭正想問大兒子自殺案的狀況時，他微微皺起眉，發現虞因好像不是很有精神，整個人無精打采，看起來怪怪的，「怎麼了？」

還坐在玄關的虞因爬起身，有點懶洋洋地走了幾步，然後搖搖頭，看了眼旁邊正要舉起拳頭的虞夏，「沒事，莫名其妙有點累……二爸要打明天再給你打，我先去睡一下。」

「真的沒事？」虞佟不太放心地又問了句。

「嗯，放心，就算常常卡到陰我也都沒事，大概是今天有被熱到，睡一睡就好了。」不知道爲什麼，一回到家，虞因就感覺到突如其來的強烈疲倦感，他多少有點感覺可能是正面看到自殺屍體的影響，但是也沒有其他問題就是。

「卡到……你快點去睡吧。」沒好氣地看著自家爬上樓梯的小孩，虞佟突然感覺到有點無奈。

虞因看到的世界跟他們看見的並不一樣，和這些相關的時候，就算身爲父親，也無法提供任何實質上的幫助。

站在一旁的虞夏環著手，挑眉看著欠揍的小孩爬上去之後，才轉向自己的兄弟，「你覺得他是要詐死逃過捱打的機率有多少？」

「零，讓他好好休息，不要去鬧他，有什麼事等睡起來再說。」有點警告地說著，虞佟轉過頭看向剛從廚房走出來的聿，「阿因剛剛在外面就這麼累了嗎？」

聿想了下，搖頭。

「回來才這樣？」

「嗯。」聿點了點頭，發出小小的聲音：「停車時候，說很累。」但是在之前一起吃點心時，其實還有說有笑，完全沒有表現出什麼疲累感。

虞佟皺起眉，轉頭看了看樓梯口，「先讓他休息吧。」

總之，等到人休息夠了，再仔細問看看。

2

他知道有人在哭泣。

低低的聲音，壓抑般的啜泣聲。

冰冷的感覺從腳底開始蔓延，像是冰塊般的手指輕輕地放在了床緣，接觸到他的腳踝，像是要將血液結凍般的溫度直直向上攀爬。

雖然是閉著眼睛，但他卻隱隱約約可以看得見，蹲在左側床尾邊的東西朝他伸出手，染滿血的臉發出了無聲的吶喊。

那是種絕望而無奈的情緒，從冰冷的手指慢慢地滲透到他身上。

其實、這不是我想要的結果……

不想死啊……

低泣聲迴盪在空間當中。

他只覺得腦袋很沉重，暈沉沉的，想要告訴對方休息時間不營業，請等清醒再來也沒辦法。悲哀的心情盈滿心裡，只能被動地接受著。

渾渾噩噩不知道多久，好像是那東西終於快安靜下來時，有人摸上他的額頭。

「發燒了，小聿可以去幫忙拿一下毛巾嗎？」

勉強地睜開眼睛，想要看看點什麼，卻看到一整片天空，下一秒天空倏然顛倒，他猛地失去了重心直直向下墜落。

有人抓住他的手，然後幫他擦掉一臉的汗淚，低語地不知道在說些什麼，但是讓他感覺到很安心。

於是他再度沉沉地睡去。

虞因緩緩清醒時，先感覺到腦袋裡是一片空白和全身無力。

接著一轉頭，就看到紫色的眼睛睜大地盯著他。

「搞什麼鬼……」把聿逼近的臉推開，虞因抹了一下臉，發現自己的聲音很虛弱，而且一開口就覺得很費力，整個人沒力到好像做過啥激烈運動似地，到處都感覺到痠痛。

「高燒，一整晚。」發出小小的聲音，聿拿了耳溫槍嗶了下後發現退燒了才鬆口氣，然後再去拿毛巾來幫人擦臉。

「靠……我就知道。」側過頭，虞因看向床腳，那裡什麼也沒有，僅有一小片光影殘餘而已，一旁的時鐘顯示著中午十二點多左右，「大爸、二爸有去上班了嗎？」

聿點點頭。其實早上虞佟還想請假，後來他表示他照顧沒問題，兩個大人才一前一後出門。

看著直視自己的紫色眼睛，虞因抓抓頭，嘆了口氣：「跟上來了。」太慣例了，慣例到不用講，其他人八成也都猜出來了，「昨晚我有沒有說什麼？」他還記得模模糊糊時的那種悲哀感，雖然清醒之後已經退得一點都不剩了，但的確很強烈。

「……不想死。」聿拿來了溫開水，幫忙把人扶起來，「一直說。」

「難道是跳了後悔嗎……」邊喝著水，虞因接了之後遞來的稀飯，邊吃邊思考著可能性，「還是根本不是自殺……」

坐在一旁的聿打開了電腦，然後搜尋了新聞之後指給他看。

這是昨天晚上的新聞，也是報導那起跳樓事件的，大致上就是警方後來在女學生的網誌裡發現幾段隱藏起來、疑似遺書的內容。

虞因讓他把桌子拉近，仔細看著遺書內容。

已經撐不下去了，眞的好累。

這種事情沒辦法告訴別人，但是我好痛苦，眞的好痛苦，根本沒有人可以幫我。

爸爸媽媽我好愛你們，可是我什麼都沒辦法跟你們說，對不起、對不起。

連我都很厭惡我自己，好想死。

新聞裡同時也寫著家屬並沒有察覺女學生有輕生的念頭，但是對自殺沒有任何異議，甚至還貼上了父母痛哭的照片。

找了幾個線上新聞都是類似的內容，虞因讓聿把桌子推回去。

休息了一下也吃了飯，體力就恢復得差不多了，他翻開棉被，「我出門一下。」總覺得好像哪裡怪怪的，但又說不上來，那東西會跟他回來應該還有什麼事情。

不知道爲什麼，虞因就是覺得該再回去現場看看，而且好像有什麼感覺也要他回去，不回去不行。

聿看著他，瞇起眼，突然衝過去把房門砰一聲關起來還上鎖，整個人就橫在房門前面，散發出此路不通的氣勢。

「……欸，不然一起去？」看著擋在門口的傢伙，虞因試圖打商量。

聿拿出手機，準備撥號給大人。

「點心屋吃到飽！一個禮拜隨你挑店！」虞因馬上祭出殺傷力最強的條件，不知道爲什麼，他總覺得聿今天好像有點怪怪的，所以立刻就直搗中心，不要給他太多猶豫時間，「等等要去哪裡都一起去！但是你也要跟大爸、二爸說我有乖乖在家裡。」

看著對方，聿想了想才按掉電話，然後把手機轉向對方，上面寫著幾個字：「吃完午餐才可以出門。」

「OK，成交。」

□

「死者的家應該是在這邊吧。」

看著手上的筆記，虞佟望著眼前獨棟的小型公寓，大概是五、六樓一棟的規模，一樓看起來是賣小吃的店家，種類還不少，從便當到湯羹麵都有；可能正好是中午吃飯時間，附近又有辦公大樓，人來人往的還頗熱鬧。在外面就看到招呼的店員約兩、三個，一個攤座就架在騎樓裡專門包外帶。

看來是一家生意相當好的店，不過死者的住家是在二樓。

稍微思考了下，虞佟乾脆就順著招呼進去店家點了份排骨飯，悠悠哉哉地先聽起周圍鄰居們的討論了。

「聽說住在這裡樓上的女兒昨天跳樓自殺了……新聞有報，還看到她爸媽上電視。」

「眞是了然啊，父母養到這麼大說跳就跳，都沒想過父母怎麼辦，就這樣跳下去了眞是不孝，還要老父、老母給她送山頭。」

「不知道現在小孩在想什麼，課業有壓力就去跳樓，啊出社會吃頭路的不就集體死一死好了……」

「欸，也不要說得這麼超過，死者爲大嘿。」

幾個婆婆媽媽們邊看著店內午間新聞邊低聲說著的同時，一個約四十幾歲的中年人端了排骨飯過來，放在虞佟桌上時也被隔壁的鄰居們給叫住。

「羅仔，你覺得怎樣？」

「啥怎樣？」粗魯地抹著臉上的汗，稍微有點福態壯碩的中年男人很隨便地應了句，倒是也停下腳步。

「你們樓上啊，之前不是吵得有夠大嗎，還報警上法院耶。」

羅老闆露出嫌惡的神色，明顯對樓上鄰居的印象不是很好，「幹，說到這個就一肚子火，不過最近樓上的應該比較不會再來找麻煩了。」

「眞是吼，你們樓上樓下吵了幾年了，吵到人家女兒搬出去住，要不要找時間大家坐下來好好商量啊。」看起來似乎想當和事佬的太太這樣說著：「畢竟現在人家家裡也發生這種事情……」

「死女兒了不起喔，又不是恁北叫她跳樓的，我被他們全家害得賠了快百萬了都沒在說，眞的是一家都神經病，有什麼好可憐！最可惜不是死她老杯老母，一天到晚都在樓上鬧事，搞走我多少客人！」

「羅仔，厝邊隔壁，留點口德啊。」

「他們樓上一直報警叫衛生局時就有什麼德嗎！」

「唉唉，別講好了，大家吃飯吃飯。」

看著羅老闆氣沖沖地走出去，虞佟戳著軟爛適中的排骨飯，然後稍微往隔壁桌的位子移了一下，「不好意思，可以請問一下嗎？」

幾個婆婆媽媽把視線轉向他，似乎對生面孔有點好奇，不過衝著對方友善的微笑，口氣態度很明顯地放軟，「怎麼了嗎？」開口的是剛剛想充當和事佬的太太。

「是這樣的，我是樓上那戶女兒的大學同學，今天本來想代表同學們找她爸爸媽媽，可是她家好像很忙，剛剛聽到那個……」他露出有點爲難的表情指著外面正著吆喝忙碌的老闆，然後轉回頭，「可以問一下是怎麼回事嗎？」

「喔喔，同學喔。」太太打量了他一下，沒有覺得有什麼問題，「他們就一個寶貝女兒，另外兩個兒子也不住家裡了，這樣眞的很痛啊……對了，你是問剛剛我們在講的事情吧，要你是她同學，看看可不可以勸一下她父母，人都往生了，別和樓下再吵成那樣了。大家各退一步，也算是給他女兒積點德吧。」

「好啊，那阿姨可以告訴我是怎麼回事嗎？」虞佟擺出最誠懇的微笑，然後默默覺得幸好今天是他自己先來，不然虞夏肯定不會做這種事，而是直接就拽住老闆的領子非要他說個清楚了，「我也一直很奇怪她爲什麼一個女孩子家要搬在外面住，明明家裡很近說。」

「反正就……」

一頓午餐下來，虞佟大致上聽了不少幾年恩怨濃縮八卦，也解開之前虞夏的疑惑了。

告別了還想拉著他多說話的婆婆媽媽們，他便走過店旁邊的公用樓梯，直接往二樓爬也邊給自家兄弟撥了手機。

電話很快就被另一端接通了，算了時間，他的雙胞胎兄弟現在應該是在死者的租屋處吧，雖然昨天黎子泓已經大致詢問過鄰居，不過依照虞夏的個性，還是得親自跑一趟。

「死者家跟樓下有爭執。」

「爭執？」

「是啊，聽起來已經吵了四、五年以上。死者家原本就住在這邊，樓下的小吃店是前幾年搬過來的，似乎原本就有點小名氣，老闆叫作羅強；搬過來之後搭上了附近的商業大樓，生意相當好，但也因爲這樣，不管是清晨的準備工作、客人出入狀況以及晚上的收拾都影響了樓上住戶，也就是死者住家。」

「……很常見的糾紛，樓下太吵又太髒亂對吧，所以他女兒才想搬出來住。」

「差不多是這樣的狀況，主要就是死者的父母與樓下的老闆一天到晚起爭執，我聽附近鄰居說他們家有時候會朝樓下潑水或是扔東西，大多是用澆花或是陽台東西自己掉下去當理由，不過時間久了，樓下老闆也很生氣，經常上樓理論，甚至有幾次大打出手，這部分我想應該可以向附近派出所調一下記錄。」靠在樓梯間，虞佟盤算著等等要再跑一趟地區派出所，「兩家還互控傷害，死者父母經常指稱樓下衛生不佳，連老鼠都跑上樓，衛生局前後也來開過幾次罰單，所以兩家更不和睦。死者本身聽說是很用功的女孩子，大概是因爲整天這樣吵吵鬧鬧，所以才搬出去吧，這點我等等詢問家屬就能確定了。」

「感覺眞是惡鄰，這類型的糾紛最近越來越多了啊，人到底什麼時候才要幫對方多想一步。」手機那端傳來了虞夏不以爲然的聲音：「對了，你順便看看老闆或她家人還有什麼案底吧。」

「好。」

掛掉通話之後，虞佟按了門鈴。

幾秒後，打開門迎接的並不是死者父母，而是一個年輕的男子。

「不好意思，我是警察。」

□

按掉手機後，虞夏看著眼前的三扇門。

這是並列的大樓設計，同層三間住戶都是在同一向，電梯則是在走廊尾，另一端則是樓梯間，可能是現在人都依賴電梯的關係，樓梯間積了很厚一層灰，只有幾個模糊的鞋印。

按照黎子泓給的資料，他先拜訪了靠近電梯的左側鄰居，按了幾次鈴之後虞夏就看見一個敷著面膜、全身濕漉漉、只包一條浴巾的年輕女性衝出來，把他給嚇了一跳。

「咦？警察嗎？好年輕啊。」看了員警證後，隔了層面膜的女性笑了下，白色的布料面膜跟著起了一些縐摺，「抱歉，我正好在做保養……不介意就這樣聊吧？」她拉了拉浴巾，說著。

知道對方表示不方便讓他進去，虞夏點點頭，然後詢問了昨天的相關問題。

偏頭想了半晌，單身的年輕女子這樣說：「昨天我有向那個帥哥檢察官說過了，那時候我人正好在做瑜珈呢，隔壁也沒有什麼聲音，很安靜的，後來就聽到隔壁的隔壁那邊大喊說有人跳樓了和很大的聲音，我才知道鄰居妹妹想不開。」

「能證明妳當時就在屋裡嗎？」虞夏很習慣地問著。

「嗯……我是單身呢，不過那時候我也有衝去陽台看，正好和隔壁隔壁的先生照了面，那之前就是一個人在客廳裡做瑜珈了。」

似乎沒有什麼問題，虞夏道過謝後，女性又縮回去繼續保養，關上了門，他才轉向了死者租屋的右鄰。

這次來應門的是個年輕男性，大概二、三十歲左右，穿著整齊的襯衫，玄關處擺著公事包，看起來似乎是正要出門的樣子。

同樣出示身分和說明來意之後，對方就請他進屋，還很客氣地沖泡紅茶。

趁著這空檔，虞夏打量起這邊的小客廳，被布置得很整齊典雅，所有小雜物都被收納得妥妥當當，連發票都放在電話旁可愛的藤編小盒子裡，一絲不苟。

「我太太是很喜歡整理家裡的人。」男性端著茶水和水果出來，很友善地微笑著：「她最看不慣髒亂了，連回家後襪子都不能隨便亂丟，一定要拿去洗衣籃分開放，說什麼襪子細菌多，不能和衣物放在一起，一定要放在小籃子。」

「……我家倒是都混在一起。」家裡洗衣的事務之前都是虞佟在負責的，大家都是亂丟，也沒看過他哥特別分類，每次都是整桶拖去洗。小聿加入之後，就經常幫忙分攤這些瑣碎家務。虞夏咳了聲：「你太太呢？」

「今天上班，我太太是電信公司客服人員，昨天正好放假，我則是外包接案，自由業的。」男性很客氣地遞出了個人工作名片。

看了看名片，上面印著宋傑瀚的字樣，虞夏夾進筆記本裡，然後像剛剛一樣問起了昨天的細節。

男性思考了下，回答了和給黎子泓差不多的訊息：「昨天我太太放假，清洗了髒衣服，原本中午打算出去吃的，但是她說衣服洗好不馬上晾起來會發臭、又不讓我出去亂買，之後就我晾衣服，她出去買午餐。晾到一半時，我就看見隔壁的女孩子突然爬上窗台，都來不及阻止她就跳下去了，眞的很衝動。」

虞夏看了陽台一眼，那是一般放置盆栽的花台，十四樓的高度正好有陽光灑落沒被擋住，外面拉了曬衣繩，正掛著幾件衣物，普通人如果要跳樓要先爬上腰部高度的花台才能往下跳。

從花台看出去，正好可以看見隔壁和最旁邊那戶的鄰居花台。

「那時候我和最旁邊的小姐正好照了面，我叫了沒多久她就開窗戶看，當時隔壁的女孩子已經摔死在下面了。」男性聳聳肩，說著：「沒多久我太太就回來了，大概就是這樣。」

「那之前有聽過隔壁有什麼奇怪的聲音或任何異常嗎？」

「沒有，我們大樓隔音滿好的，只要不是拿鑽子鑽牆壁，一般都聽不到隔壁的聲音。」

又問了幾個問題之後，虞夏就離開了。

鄰居這邊問到的都與黎子泓提供的差不多，今天死者的兩個室友都不在，自己也還沒進局裡，死者的租屋處內貌似也沒其他人可以幫忙開門，就只好先回去。

或是，再多問問幾戶好了。

□

午後天氣依然很熱，熱到光是站著就會讓人出一身汗。

大概是近兩點到達昨天的自殺現場，虞因拿掉了安全帽，找了位置停好摩托車。昨天血淋淋的現場已經被清理過了，乾淨得好像根本沒人在這邊消逝過。

但是他只站在大樓外圍，立刻就聽見了低低的哭泣聲。

就像夢裡一樣，壓抑過的悲鳴，那種無法傳遞給別人的聲音隨著風飄過來，讓虞因也下意識地往前走了幾步。

他覺得要去。

應該還有事情要做。

有些事情，不該就這麼完了。

猛然一個拉扯，虞因才回過神來，然後看見站在身後的聿抓住他的手，直朝他使眼色。

「怎麼了？」跟著看過去，他突然看到昨天那個一團毛的女孩子站在大樓對街，蒼白的臉正對著他們，乍看之下整個很驚悚。

大概幾秒之後，女孩才慢慢往他們這邊移動過來。

接著虞因才發現原來她剛剛站在那邊是在等紅綠燈，白被嚇了一小跳。

如果不是自己分得出來阿飄跟人，虞因眞的會以爲她是鬼，光是那頭黑毛的長度跟鑲在其中像紙一樣白的臉，猛一看眞的會嚇死人，更別說對方實在瘦得很像骷髏，不管怎麼看都挺恐怖的。

在他亂想這些時，女孩已經走過斑馬線，出現在他們面前。

「呃、又見面了。」注意到她換過了衣物，是比較清涼的短袖和七分褲，露出來的手腳還是一樣傷痕累累，虞因就開始在想要怎麼把人騙出去。自從雙雙的事情之後，他多少有點怕又遇到家暴的小孩。

女孩朝他點了個頭，然後又看向聿，瞇起眼睛打量了他們好一會兒才開口，發出來的聲音是比較低沉、不是之前的氣音：「我是男的，不要搞錯。」

在虞因整個吃驚時，對方倒是很有禮貌地先彎腰，「昨天謝謝幫助，太久沒運動又不小心中暑，人情炎涼倒在地上都沒人管，幸好弟弟賞了水喝。」

「……你應該不只這些問題吧。」虞因看著眼前的一把骨頭，深深認爲沒運動和中暑只是其中的原因之一，「你家都沒飯吃嗎？」看起來根本就是什麼地方來的難民。

「今天出門前，有吃過泡麵。」男孩抬頭看了眼大樓，又轉回他們，「東風。」

過了幾秒才意識到對方是在介紹自己，虞因連忙伸出手，「虞因，這個是我弟少荻聿，朋友都直接叫我阿因。」至於被圍毆的什麼東西根本不需要告訴別人！

有點興趣地看著他伸出來的手，過了半晌，東風才伸出自己的骨頭手握了握，虞因只感覺到對方的手一片冰涼，幾乎沒什麼溫度，連握起來的感覺都有點恐怖。

「你要回家嗎？」放開了手，虞因有點好奇地詢問了，如果真的是住戶的話，正好可以問他知不知道跳樓死者的事情。

男孩搖搖頭，「我不住這裡，只是來找人。」

「是喔……」雖然感覺有點可惜，不過虞因也只好聳聳肩，「那等等要不要順便一起去吃個下午茶？我請客。」

看著虞因，男孩瞇起眼偏著頭，沉默了幾秒才開口：「摩托車只能坐兩個人吧。」一旁的聿抓住虞因，瞪著可能要跟他搶奪點心屋的傢伙。

「欸，別這樣。」拍拍不知道爲什麼很不高興的聿，虞因笑了下，「附近好像有一家還不錯的，大家一起走過去不用很久，不然就一起搭公車。」凡事都可解決嘛。

「在那之前，後面那位是不是你認識的人，他已經瞪你很久了。」

在對方講完後，只覺得背後一片冷的虞因戰戰兢兢地回過頭……其實他比較想拔腿就跑，總之在回過頭之後，他就看見他家二爸環著手，全身殺氣地站在大樓的入口處，用一種要把他變成第二個死者的眼神狠狠地瞪。

這種時候，要說什麼路過都來不及了。

散發著濃濃殺意的虞夏踩著重重的腳步過來，不由分說地就往虞因的腦袋呼了一拳，接著也往旁邊的共犯，聿的腦子巴下去。

「不是叫你少來這種地方！還有小聿，不要好的不學都學壞的！阿因自己亂來你也跟著亂來，是多想被揍啊你們！」一左一右拉著兩個兒子的耳朵，虞夏完全不客氣地先教訓了再說。

「痛痛痛……二爸我才剛生完病耶！」捂著爆痛的腦袋和耳朵，和一邊很委屈的聿不同，長年被打下來已經很習慣的虞因先把聿拉到身後，避免又一起被K，他家二爸發狠動起手來是很痛的，「跟小聿沒關係啦。」

「意思就是我只要殺主謀者就好了嗎？」虞夏折著指關節，決定來驗收一下最近兒子訓練過後的耐打程度。

「不，如果可以的話請高抬貴手。」當然也不想在這種地方被屠殺，虞因連忙推出旁邊剛認識的骷髏當擋箭牌，「還有朋友在場，大家心平氣和地先去喝杯茶、吃個點心再說吧。」剛好他家二爸今天也是騎摩托車出門，完全多了個位置可以載人。而且他二爸在這邊正好，如果男孩眞的是家暴，可以靠他老子套出來順便處理。

皺著眉打量著眼前的陌生人，虞夏嘖了聲：「你該不會有厭食症吧。」

「……」東風默默地繞回虞因身後。

「總之，我們先走吧。」爲了生命安全，看來今天暫時是不能進大樓，虞因有點惋惜地往後瞄了一眼。

全身血紅的女孩站在陰影下，再度傳來抽泣聲。

□

因爲虞夏在場的關係，爲了以示他沒有要繞回去的淸白，虞因挑了家和現場有點距離的甜品店，店內也有提供簡餐，正好可以押著男孩順便吃飯。

雖然是平常日，但店內的人也不算少，加上店家的餐點都是現做的，多少也要等待一點時間。

在排隊候餐時，因爲怕又被虞夏揍扁，虞因乾脆就丟著他二爸和骷髏在座位上大眼瞪小眼，自己和聿就在吧台外等餐，等待時間就看店家櫃台後正在放送的電視新聞。

「現在人眞的都很剽悍。」

聿轉過頭，瞇眼看著旁邊突然有感而發的虞因。

盯著電視的虞因突然就感慨了一下，上面正播放著砍鄰居事件，看起來好像無厘頭的導火線眞是讓人想笑也笑不出來，也就是兩鄰無法體諒吵鬧聲，最終鬧起來就抄刀砍人，幸好被砍的老先生沒事，不過堅持對隔壁鄰居提出告訴，估計會這樣沒完沒了吧。

看著新聞，他也就想到阿關不時在抱怨新搬去的宿舍樓上太吵，不知道是住著哪學院的學長，經常半夜在蹦蹦跳跳的，有時候還會把音樂開太大聲，他們已經聯合抗議很多次了。

希望阿關不要去砍鄰居就好了。

看著餐點大概還要等一下，虞因乾脆也讓聿回座位上，才不用跟著久站。

很快地，新聞又轉換成下一則，這次是割喉之狼相關的新聞，專家正在教導女性們遇到危險時應該如何自保，也有模有樣地請了指導老師演練起一些基本的防身招數。

看著電視有點出神，虞因莫名就想到之前遇到的凶手，那個眞的是神經病，他還以爲在台灣應該沒多少這種電影才看得到的連環殺手，原來只是沒發現過嗎……

那天在冰櫃那三個人……

「不好意思，輪到你了。」

柔柔的聲音驚動了整個人神遊出去的虞因，他愣了一下，才發現是後面排隊的人，一個很漂亮的女人，輪廓很深，應該是混血兒，穿著簡單的衣褲，染色的長髮燙了波浪大鬈，黑亮的眼睛含著淡淡笑意看著他，「你的餐點。」

虞因這才猛然驚覺他還在等餐，連忙道歉後去取餐，這才有點狼狽地跑回座位。

「幹什麼慌慌張張的？」看著自家兒子的樣子，虞夏接過熱飲隨口問道。

「呃，沒事。」虞因抹了下臉，在聿對面坐下來，順便把點好的簡餐遞給坐在聿旁邊的骷髏。

坐在位子上的聿疑惑地盯了他幾秒，才伸手去拿布丁蛋糕，他期待這個蛋糕很久了，這家店每日限定，平常幾乎都下午就賣光，難得今天運氣好剛好還有剩幾個。

虞因咳了聲掩飾掉不自然的尷尬，也不知道剛剛那秒爲什麼會傻了一下，大概是因爲很少看到那種溫柔漂亮的女生吧，他身邊的女生一個比一個還要勇猛，不管是欺騙人家感情的李臨玥、表裡不一的方苡薰還是一個可以打十個的小海，都沒有那種柔美的氣質。

唉，果然女人還是溫柔漂亮比較會讓男人腦子瞬間痴呆啊，他以前跟著去聯誼好像也沒見過多少這種氣質高雅的女生。

好笑地搖搖頭，虞因把這些想法都揮開，然後也咬起了他的栗子蛋糕，順便招呼緩慢拿起叉子的骷髏，「多吃一點，他們家的餐點也很好吃，不夠等等再加點。」

「夠了。」東風看著整套的餐點，默默地開始戳下去。

喝著飲料，並沒有點其他東西的虞夏看著虞因和聿，暫時也沒去追究他們又出現在現場的問題，畢竟還有陌生人在，等回家再說好了。

氣氛一下子就冷下來。

虞因默了下，只好自己開始找話題聊，不過他當然不會自找死路地去提案件，「對了，下次我們全家一起去吃好的吧？上次我和小聿有找到一家很不錯的店，小聿應該也想再去一次吧？」

前陣子他們在瀏覽網頁時，看到不少店家介紹，所以也跑了不少店，其中有幾家連虞因都覺得很不錯，只是有的價位高了些，不是可以經常報到的，不過如果全家一起去也是可以多花幾次的。

像這樣每天都要騙聿出來還是要做什麼付代價、或者是要騙他講話等等，拿來當餌的甜點消耗實在是太大了，幸好聿對廉價的甜點也不會挑，丟給他一盒統一布丁也會很高興。不過只要扣掉按月儲蓄後手頭上不緊，虞因還是會盡量找些比較好的店家。

看到聿眼睛發光地盯著他看，虞因也跟著心情大好了起來。

自從他家事情過後，像這樣的動作也越來越多了，雖然很細微，不過聿高興時也會跟著他們笑鬧，算是很大的進步。人果然不能抱著巨大傷痛不放過自己，有時候跨出去才能夠坦然地重新生活。

虞因多多少少也開始有種吾家有子初長成的感慨心情了。

「你應該不會有一天突然回來跟我說，『臭老頭給我錢』之類的話吧？」盯著埋頭苦吃的傢伙，虞因不得不防備地多問一句。

對方的回應是一叉子過來，就插走他剩一半的蛋糕，還陰險地直接塞進嘴裡，連搶救的機會都不給。

「可惡啊啊啊啊——」

虞因直接用力地揉聿的腦袋，報復性地把他的頭髮搓成大鳥巢。

「不要欺負小聿。」虞夏直接往自己兒子頭上敲下去。

「明明就是他先！你看我的蛋糕都被欺負光了！」虞因悲痛地指著自己的空盤子。

「你大他幾歲啊，計較這種事情像什麼樣。」

也不管頭髮會變怎樣，總之把對方吃乾抹淨的聿繼續享用自己的布丁蛋糕。付錢的虞因沒有限制他吃多少，所以他也不客氣地叫了雙份，心情愉快。

因爲有虞夏在，也無可奈何，虞因沒好氣地端著熱紅茶，正想轉移注意力去監視骷髏把飯吃完時，猛然就發現身旁的窗戶上貼著半張蒼白的人臉。

那瞬間他差點被嚇到噴茶，實在是太突然了，突然到他完全沒有心理準備會在這種人聲鼎沸的地方看見。最近已經不流行在黑夜街道嗎？這麼熱鬧的地方也可以？

似乎無所謂可不可以，站在外面的女孩就這樣貼在玻璃窗上，濁紅色的血液在玻璃的另一面蓋上個深深的印子，血水不斷順著光滑面滴落，悲哀的低泣聲就從彼端傳來。

濃濃的悲哀感就這樣傳遞而來。

明明就還有……

還不想死啊……

我不想死、不想死……

染著血水的指尖穿過了玻璃，慢慢地摸上了虞因的臉。

那種冷，是凍結血肉般的冰涼。

混著血的眼淚從她臉旁流下，低泣的聲音近在耳邊，就像貼著耳廓在呢喃。

還有事情必須做完。

不能夠就這樣，不行的，必須要結束掉才可以。

他還必須去做完那些事。

那瞬間，虞因突然覺得世界顛倒了過來，只看到一整片天空，頭下腳上的，瞬間失去了重量。

他知道會墜落，然後重重地撞在地面上。

人無法飛翔，只能悲慘地摔回距離天空最遠的地方。

他抓不到任何能夠阻止自己下墜的東西。

我不想死……

「阿因！」

在撞擊迎上來之前，一股力量抓住他，迫使他清醒過來。

猛然驚醒，虞因才發現自己還坐在位子上，整個人半傾在座位旁被虞夏抓著，紅茶杯早就掉在地上破碎了，茶褐色的液體在地面上擴散，聿和骷髏都站起來，不約而同地伸出手也想抓住他。

他不知道剛才那瞬間是誰的感覺，腦袋昏沉沉的，連周圍客人的竊竊私語都聽不見。

「我、我沒事……」很想告訴虞夏自己沒問題，虞因才一伸手，就發現自己手上出現了血，不知道從哪來的血布滿了手掌，連鼻子都有點發熱。

聿連忙拿了面紙往他臉上按，虞因才發現他居然流鼻血了，而且一按下去整張面紙都是血……他剛剛明明沒看到什麼火辣的畫面吧。

「可以幫忙叫救護車嗎？」站在一邊的骷髏對著跑過來的服務人員說道，然後也跟著抽面紙幫忙擦拭他的手。

但是血好像止不住似地，不斷從手上冒出來，虞因只覺得整雙手都熱辣辣地痛，每個毛孔都在湧出血水，無從阻止。

然後，救護車的聲音出現了。

虞佟收到消息趕回家約是在傍晚的時間。

一打開門，就看到虞因坐在客廳，手上有繃帶，正在跟聿拚電玩快打，看見他竟然還抬手打招呼，「大爸你今天好早。」

「你怎麼沒在房間休息？」被嚇出一身冷汗的虞佟鬆了口氣，稍早接到虞夏說送急診的電話他就很著急，好不容易工作結束一個段落才脫身跑回來。

「欸……沒事啊。」虞因把電玩按暫停，才不會被旁邊的傢伙趁機偷打，他都已經快損血損到零點了還連輸好幾次，爲了兄長的尊嚴一定要扳回一城幹掉他。「在救護車上血就停了，去醫院洗乾淨之後也沒傷口。」

大致上的狀況就是，一堆人急著把他推上救護車後，本來不斷冒出的血液在車上突然停止流動，到院之後急診醫師幫他清洗滿手滿臉的血，這才發現他並沒有任何傷口，醫生也滿頭霧水，但是怕是什麼隱性或出血性疾病還是先幫他做了一連串檢查和包紮，之後約了明日回診與下週去看其他檢查報告。

總之回來之後虞因也覺得精神很好，沒什麼問題，也不特別想休息，就拉著一臉擔心的聿打起上次黎子泓借他們的電動轉移注意力。

「夏呢？」虞佟左右看了一下，並沒有看見自家兄弟。

「剛剛拜託二爸幫我送一個朋友回家。」其實是千拜託萬拜託，虞因只差沒蓋掌印發誓不會再跑出門了，虞夏才幫他把一起跟回來的骷髏載回去。

雖然不知道那個骷髏到底是什麼人，不過虞因知道對方還算滿有義氣的，一路跟救護車陪他們到醫院，還問了醫生很多他聽不懂的疾病名詞，之後又跟著他們回家，確認沒事之後才表示要自己回去。但是因爲他有路倒的不良紀錄，虞因還是拜託虞夏幫忙跑一趟，以免他又自己趴在路上哪邊。

「你眞是……」搖搖頭，虞佟有點無力地在沙發坐下，一旁的聿趕緊倒來茶水遞給他，「到底是怎麼回事？我是指，從昨晚到現在，全部發生什麼事情。」

看著表情嚴肅的虞佟，知道這次對方眞的很生氣的虞因抓抓臉，只好換位置在另一旁坐下，「就昨天那個跳樓的女生……我看應該是跟上來了。」

「在哪裡？」

「我哪知道，我又不是專門知道阿飄蹲在哪裡。」弱弱地抗議了一下，虞因接過聿端來的茶，有點無辜地說：「可是我覺得很奇怪，一般自殺的阿飄大部分都會固定在死掉的地方，沒道理跟著人亂跑啊。」雖然他算是當場目擊，但這種跟上來也太怪異，更別說那個女生一直想接觸他。

這和他看過的自殺差別有點大，不過類似的狀況，他倒是想起了上次陳永皓的事情，大家也都以爲他自殺，但是他卻出來了。

虞佟按著發痛的太陽穴，閉眼幾秒之後才看向自己的兒子，很沉重地開了口：「不能不要管嗎？」他和虞夏已經很盡量不要再讓他們接觸各種案件了，但是，顯然還是沒辦法讓虞因往後退開，就好像有什麼東西一直牽引他讓他越陷越深。

有時候他眞的覺得很疲憊，而且也很害怕，這段時間以來虞因已經管太多了，不管是小聿家還是王兆唐、又或是前陣子嚴司的事情，那些案件還有不斷進出醫院都讓他毛骨悚然。

以前阿因看得到時，最多就是偶爾說看到不乾淨的東西，跟他們講一下哪邊奇怪當作建議，但是現在已經捲入多次案件，也引來不少殺身之禍，這已經不是看不看得見的問題，更別說他現在好像看得更加清楚，和以前的偶爾看見差別太多了。

虞佟已經不知道第幾次告訴他，不要再管了。

「這我也沒辦法啊，又不是我自己去找他們……」本來想照以往打哈哈的氣氛糊弄過去，但被聿扯了一下之後，虞因才發現他大爸很沒精神，且看起來很難過，他也就跟著軟下語氣：「那個……我最近也有跟二爸在健身了啦，也會多小心，盡量不要再去看太多……」

虞佟嘆了口氣，摸摸虞因的頭。

「你們在幹嘛？」

剛返回的虞夏一進門就是看見這樣微妙的畫面。

「沒事。」虞因馬上回頭，「有送回去了嗎？」

「有，但是你朋友住得還滿遠的耶。」虞夏放下鑰匙，提著一大包食物走進來，「東海再過去了，蓮心冰跟晚餐拿去。」

「是喔。」也不知道他來這邊找誰，虞因接過一大袋食物，聿就跑去幫忙拿碗盤筷子。

深深地看了虞因一眼，虞佟無奈地搖搖頭，一抬頭正好對上虞夏若有所思的目光，「坐吧，夏你也順便一起來說今天查到的事情。」

虞夏挑起眉，很快就瞭然地坐下來，然後往虞因的腦袋上揍下去，「你給我們乖一點，快點把事情解決完把那些不乾不淨的東西弄掉，不然我就去拜託你方同學讓你暫時搬去他家住！」

姓方的同學家裡有塊鐵板叫作小海，經常來他家走動，只要虞佟或虞夏開口，虞因肯定自己絕對會被關押在阿方家百年不見天日；而且那個叫小海的恐怖人還有百分之百的機率會拿鐵鍊把他栓了。

「我盡量……」他也是千百個不願意啊。虞因有點悲傷地想著，不過他家大人既然願意開口，他就省得自己偷偷摸摸去問了，這樣會快很多。

「講之前，你先發誓如果有奇怪的地方，會先聯絡我們一起處理，不自己跑去。」虞夏瞪著大兒子，語帶狠意地說：「如果沒做到就要讓我斷手斷腳。」

「……如果是突發的狀況奇怪呢？」按照往常經驗，虞因覺得自己被斷的機率非常大。

「一樣斷你。」

「抗議，你應該去斷阿飄。」虞因決定不發誓了。

「你有本事，抓來給我斷啊。」虞夏支著下頷，冷冷地說。

虞佟咳了聲，在聿幫忙把一桌晚餐弄好之後，開口中斷他們的話：「別鬧了，小聿也先坐下吧。」

把筷子發給大家之後，聿才坐到虞因旁邊。

「譚雅芸，二十歲，大學三年級。」

邊咬著章魚燒，虞夏邊翻開自己的小冊子，「大學一年級開始就在外租屋，其他兩個室友都是高中一起考上來的同班同學，今天我問了一下，聽說死者非常喜歡讀書，是自發型的資優生，但是家裡實在是太吵了，當初要考大學時也有被影響到，因爲想好好唸大學所以和家裡商量搬了出來。」

「我這邊問到的也差不多。」虞佟看著自家聽得很仔細的大兒子，然後將自己今天聽到的訊息也大致描述了下，「今天去了譚家一趟，父母在料理女兒的後事，所以是與哥哥見面的。講的也是類似的事情，他們家與樓下吵得非常凶，約半年前又互控傷害提告，主因是譚母在家裡打死老鼠，吵著說是樓下不清潔，將老鼠扔到店裡，於是老闆便與譚父大打出手，兩個人都有受傷，強硬地要告對方傷害。另外夏要我查的案底，譚家本身並沒有案底……扣掉與樓下的爭執不算，但是小吃店的羅老闆有性騷擾的前科。」

「提問，死者很漂亮嗎？」這兩天看到的其實都是血肉模糊的虞因問道。

「阿司說是大美女。」虞夏從筆記本裡抽出照片遞過去。

「嚴大哥的話不可信，他搞不好一隻螞蟻躺在那邊也會這樣說。」接過照片，虞因看見的果然是個很漂亮的女孩子，笑得很甜美，是那種人見人愛的討喜模樣。

「我看了當初的記錄，性騷擾似乎也是個誤會，是羅老闆在前一家店面時開了女客人玩笑，被一狀告上法院，但是後來女方自行撤銷了。在譚家樓下並沒有類似的狀況，周遭鄰居也都說只是會罵髒話而已。」將自己的筆記本與虞夏交換，虞佟淡淡地說著：「初步了解，除了鄰居的爭執，譚家方面表示並沒有加付任何壓力給女兒，讀書方面更沒有做任何要求，她本身就非常喜歡上課、上學，不用家人盯著。」

「同學這邊也是，都說她自我要求非常高，一直都拿學業前幾名，平常生活沒有其他異狀。」虞夏翻著交換來的本子，大致上把對方的資訊也都看過記下，「黎檢查到的也差不多，老師、學校方面都是一樣的評語，除了約半年前課業開始跟不上、情緒比較低落之外，生活作息一直都很正常，與同學的互動也都算還好。」

這樣聽，真的也聽不出來有其他原因，虞因迷惑了。

就在大家都沉默下來吃東西時，聿突然舉手。

「……科系？」

「啊啊，是外語，他們這班的男生少了些，似乎都分在另外一班了，班上只有兩、三個男孩子，所以女生感情都不錯，全班常常會辦班遊，算是很開朗的班級。」虞佟補充說明：「死者在班上相當好相處，是很受歡迎的類型，並沒有樹敵，很難得的人緣相當不錯。」

「越聽越覺得還是壓力自殺。」也聽不出什麼端倪，虞因有點困擾地抓抓頭，「沒有奇怪的地方啊。」品行好、功課好，家庭、學校、同學方面都沒有壓力，那唯一就是本人造成的心理壓力了，就和新聞報導得差不多，功課落後造成的，現在聽起來還眞的很有可能。

「的確，不過這只是初步，深入看看應該多少能夠有點突破。」虞夏看向一旁蠢蠢欲動的虞因，加重語氣：「當然是我們深入，你給我待在家裡，別忘記明天還要去複檢，小聿你這次給我盯緊他。」

聿點點頭，很用力地瞪著虞因然後吃飯。

「唉呦，好啦好啦，但是明天如果有什麼新的進度，要跟我講喔。」

「吃你的飯！」

□

晚間約十二點多左右，確認虞因和聿都乖乖回房睡覺後，虞佟端著兩杯熱茶進了虞夏的房間。

老早就鑽回自己房間的虞夏打開了電腦和線上視訊在跟黎子泓聊今天的進度。因爲虞因的突發狀況，所以下午沒有回局裡、也沒去找對方，乾脆就約了晚上再談。

「所以你們那邊也沒有查到什麼嗎？」也差不多是同時間上線的黎子泓和虞佟點了下頭，繼續回到剛才正在講的事情。

「嗯，周遭都很正常。」虞夏接過熱茶，點點頭，接著他就注意到視訊對方的背景竟然是辦公室，這時間還沒離開署裡，「不過越問下去感覺越奇怪，光是課業跟不上就不太對勁了，應該有其他事情在影響死者，才會造成壓力。」如果死者本身是個課業不精、被學校家長要求很高，那眞的有壓力問題。但是今天一圈問下來更確定了，死者不但沒有各方壓力，本身還是喜歡讀書的優秀學生，就連打工處的店長都說她對算數和記帳很在行，已經打算問她有沒有升正職調薪的意願。

這種人，學業會突然跟不上和退步才是最大的問題。

虞因分辨不出來，但是虞夏從以前開始就看過太多案例，很典型的有外力因素影響，才會造成學業成績瞬間下滑。

「而這件事情，甚至連家裡都不知道。」虞佟拉了張椅子坐下來，微微皺起眉，「但是我認爲她一定有想要向家裡求救，只是家裡的爭執蓋過了她的聲音，所以根本沒有發現。死者的哥哥說這段時間以來，他們父母全心都在傷害官司上，不斷進出律師事務所和地方法院，通常這樣會忽略掉一些變化……我希望明天可以對死者住家的房間進行一些搜索，如果沒錯，可能會找出點什麼。」

「我會和家屬進行協調，你就去做吧。」黎子泓沉思了下，雙生子看到的初步問題比他估計的還要多，「你們認為她是自殺嗎？」

「昨天以前還覺得應該是，但是昨天晚上……」虞佟遲疑幾秒，才開口：「阿因被死者跟上了。」

「嗯？沒事吧？」黎子泓有點驚訝，但又覺得好像理所當然會這樣，畢竟虞因出現在現場就是造成他們這次決定深入調查的主要原因，被纏上似乎並不是那麼奇怪。

「我們差點沒被他累死。」虞夏咬牙罵了聲。

實際上，他們家除了虞因這個狀況外的傢伙以外，昨天晚上基本上是全家都一夜沒睡。

昨夜大約一點多左右，虞佟整理完一些文件正打算上樓休息時，在走廊聽見一些聲音。那是某種低低的哭泣聲，但不像是他們家任何一個人的聲音，有點像是女孩子的聲響，相當地壓抑。

也不知道為什麼，虞佟直覺就是虞因房間傳來的，他輕輕打開了虞因的房間，在門扉開啓那瞬間，他確實看見了床腳邊好像有什麼東西窩在那裡，體積還不小，正打算開燈時，那東西唰地一聲就急速消失，他根本來不及分辨是什麼。

房間裡的溫度低到很不正常，尤其窗戶緊閉，不應該是這種低溫。開了燈，虞佟就發現虞因的臉色很不對勁，緊閉著眼睛還不斷喃喃在唸什麼，整張臉出汗出得很嚴重，一摸之下，才發現他正在發高燒。

原本是打算自己處理，就在虞佟揭開棉被一角時，他就看見一個紫黑色的手印在虞因的手臂上慢慢地下移消退，好像有什麼人抓著他、然後鬆手。

那瞬間他感到毛骨悚然。

接著虞因就開始掙扎了起來，原本只是掙動，但後來就變成死命掙扎，吵鬧聲引來虞夏和聿。

因爲掙扎的力量太大，虞夏乾脆壓制住對方手腳，避免他去傷到自己，聿就幫忙不斷更換毛巾和茶水。完全不正常的出汗量太大了，虞佟只能一直幫他擦拭，然後努力地把水餵給他喝。

這段時間裡，虞因完全沒有清醒過，只是一直說著「不想死」和一些他們沒聽懂的話，就這樣一直持續到天色開始轉換的時間，虞因才虛脫似地沉沉睡了過去。

累癱的聿也趴在床邊睡著。

幾個小時下來，差點手腳抽筋的虞夏邊罵邊移開，讓虞佟仔細檢查。

然後他們兩個在蒼白燈光下，都看見了虞因的手腳上出現了紫黑色的手印痕跡，尤其是腳踝上，特別明顯，像是這段時間裡還有另一個人在跟他們拉扯。印痕很快就開始消失，不到五分鐘就完全不剩。

「別告訴他。」

虞佟看著螢幕另一端的黎子泓，「阿因應該不記得，他今天完全沒提到，只有印象夢裡死者的事情。」今天原本他們很不放心，都想請假，但是後來醒來的聿推著他們出門，說先去搞清楚死者到底想幹什麼比較好。

「放心，我連阿司都不會說。」黎子泓停頓了幾秒，「那麼，應該不是眞的自殺了。」大部分自殺的人不會有那麼強烈不想死的念頭，通常殺死自己的人，都是已經放棄自己的人，這種狀況太過反常。

「需要告訴家屬配合調查嗎？」虞夏問著。

「暫時先不用，家屬對於自殺無異議，也希望盡早結案，如果有查到更進一步、能夠舉證非自殺的線索，再請家屬配合，目前也以自殺確認先做搜索。」如果不是自願自殺，那就有加工或他殺的可能，但是現在他們並沒有任何證據，貿然告知家屬，很可能會引來很多不必要的麻煩，若是又經過媒體大肆披露，恐怕就眞的再也查不出來了。黎子泓盤算了下，很慎重地看著眼前的員警們：「千萬不要引起其他人的注意，避免能查到的線索中斷，對外只要宣稱結案必要的查問即可。」

「明白。」最近也吃了很多媒體虧的虞夏當然知道對方的顧慮，這種狀況下如果被暴露出去，就算眞的有凶手，也會瞬間逃之夭夭。「我會讓玖深和阿柳幫忙清點過死者所有物品與住所。」

「好的，就辛苦你們了。」

□

「你們在講啥啊？」

黎子泓一轉頭，正好看見辦公室的門被推開，拎著紙袋的嚴司鑽了進來，「大檢察官，十二點半了耶，你就不怕哪天自己一個人在辦公室裡面被暗殺，然後你家書記弟弟隔天早上來才發現屍體嗎？」

「到那時候，你會接手嗎？」

嚴司愣了下，把袋子按在桌上，「別開玩笑了，我絕對找個學藝最不精的學弟來切。」

笑笑地把袋子拉過來，黎子泓逕自拿出裡面的餐盒，袋子上印的是楊德丞的店家，但是這個時間對方應該也打烊了，估計又是嚴司去纏人弄出來，「我想、應該是眞的一跳跳出冤情了。」說著之前友人才講過的笑話，沒想到會一語成讖。

「查到什麼了嗎？」嚴司好奇地去翻他桌上的卷宗，然後橫手過去餐盒拿雞肉捲。昨天去探訪問到的好像也沒什麼特別能成為線索的東西。

「與其說查到，不如說有一些奇怪又可疑的地方，而且阿因似乎也被死者纏上了，那麼案子可能不全然那麼單純。」按住自己的卷宗抽回來，黎子泓緩慢地吃著晚餐。

「嘖，我就知道有被圍毆的同學出現，一定就是麻煩了。」聳聳肩，嚴司直接撲去旁邊的小沙發，「那我是不是該去拖出來整個驗了。」不知道家屬會不會讓他磨刀霍霍向女兒，本來都已經要抬回去了說。

「必要時還是得說明，只希望在有證據下說明比較好。」繼續翻著剛剛沒看完的案件，黎子泓邊咬著晚餐邊說道。

「有醫生執照的你前室友我也要跟你說明一下，你這樣會消化不良。」橫躺在椅子上，嚴司斜了到現在還在工作的某人一眼，「而且還會發胖。」

「我想我消化沒問題。」幾乎都是這樣的黎子泓也不覺得自己有什麼腸胃疾病。

「又是啥案子啊？有必要這麼趕嗎？」看他桌上還有一疊，嚴司隨口問。

「有些不是什麼大案子……糾紛比較多，最近糾紛類型的很多，雖然分配了，但是每個人手上都還是不少。」例如他手上，是一起鄰居爭執引起的案件。

一開始並不是什麼大問題，只是很常見的小糾紛。比鄰而居的兩戶，一戶是擁有三個小孩一對父母的家庭，另一戶是單身獨居的老先生。

老先生的個性原本就有些孤僻，可能在某方面不是很好溝通。

而隔壁鄰居的丈夫也對孤傲的鄰居有意見很久。

黎子泓還記得自己當天接手時候的事情——

那時候他剛好去警局找虞夏談一起滅口案，拿著資料要回地檢署時，突然發現大廳裡有點騷動，幾個剛回來的基層員警身上都帶著血，正在擦拭整理，「發生什麼事了？」

相熟的員警迎了上來報告：「剛剛有人報案說有兩戶在吵架，結果吵一吵火氣都上來了，其中一戶居然拿刀出來砍鄰居，在場的兄弟通報增援，沒想到發神經病那家居然連警察都砍，還放火燒機車，幸好制止住才沒擴大傷害，不過有幾個人被刀劃傷。」

「也太危險，狀況呢？」黎子泓看有幾個人在甩手，好像也有點擦傷，就讓人快點拿醫藥箱先給他們消毒上藥。

「都分送到不同的醫院去了，被砍的是個七十幾歲的獨居老人，中了五、六刀，幸好沒砍到要害，只是失血較多。砍人的是個四十幾歲的中年人，自己也有受傷，有兩個人押著他在醫院，等等會扣回來。」員警聳聳肩，表情有點無奈，「我們現場問過鄰居，說他們已經不合很久了，幾乎天天吵，但是吵架的原因竟然只是老先生每天早晨五點起來散步做運動，經過他家前面會被狗吠，常常把隔壁屋主吵醒，屋主要求老先生不要那麼早起來吵他家的狗。今天也一樣，結果越吵越大，就發生這起傷人事件。」

「……」黎子泓沉默了兩秒，「傷人的家屬怎麼說？」

員警一攤手，「很絕喔，一致認為老先生找碴，說五點大家都還在睡覺只有他要早起吵人，那麼早還會嚇到他家的狗。然後還說老先生常常向附近鄰居抱怨他們家，講了他家不少壞話，是個很討厭的老頭之類的。今天他家男主人會傷人也是自保，因為那個老先生先拿拐杖打他，他怕被打重傷才拿刀出來警告的。」

「不過那個阿公以前曾中風過，拿拐杖手都會抖。」站在一旁的年輕員警補上這句，「貌似手還不能舉高的樣子。」

因為拿刀砍人已經觸法，加上襲擊現場員警、燒燬機車等危險行為，除了老先生本身堅持提告以外，黎子泓也必須依法起訴對方。

被起訴的中年男子非常不滿，在媒體前還不斷叫囂咆哮，說法律不保障他們也不能給他們該有的公道，只保障隔壁的惡鄰。

「最近莫名其妙的人怎麼會那麼多啊？」聽著友人的敘述，嚴司挑起眉，深深覺得這個世界的神祕人物真是越來越多了，難怪他最近老接到一堆奇怪的屍體。

所謂奇怪，就是案子本身看起來不是什麼深仇大恨，但是屍體看起來像是滅人全家還滅他家貓狗螞蟻窩，十八年後被復仇那種究極型態。

這真是人類史上的進化啊，刀數跟拳數的進化，腦袋跟自制力倒是退化。

「可能會更多吧。」看著疊起的公文袋，其實裡面還有一、兩件是類似這種狀況，黎子泓也不知道該說什麼。

「我覺得在過勞死之前，我們存夠養老錢就趕快退休吧。」嚴司很沉痛地提出建議，他個人直覺再這樣搞下去，可能不用幾年就大家一起共享極樂世界了。

「在你死之前，請多撐著點。」

嚴司做了一個咳血陣亡的動作。

「話說回來，你初步相驗時，有什麼不對的地方嗎？」知道嚴司今天有進工作室，他就問了句。

「生前墜樓、折頸爆腦、當場死亡，身上有些撞到遮雨棚和陽台的傷痕。眞的要說奇怪的話，就是有些瘀青吧，大小不一，有深有淺，有些已經快退掉了，造成時間都不一致。」比劃了一下，嚴司伸出手，「有一些是指印，位置上嘛……小姐可能有男朋友喔。」

「……交往會造成成績低落嗎？」

嚴司懶洋洋地看著問廢話的好友，「你說呢，大檢察官。」這世界上不就充滿了一堆爲愛拋棄各種事情的人嗎？

「請你仔細整個驗過吧。」

黎子泓蓋上了餐盒。

「死者並沒有男朋友。」

4

翌日，虞因回醫院做完複檢時，因爲沒再有出血，也確認無感染與傷口問題後，醫生便將繃帶拆除，吩咐了些注意事項，就讓他們離開了。

「不知道大爸、二爸他們今天調查得怎樣了呢。」

伸了伸懶腰，虞因一放下手，就看到旁邊的聿死死地盯著他看，從昨天開始就這樣了，讓他整個很無言，「都保證不會去了，你何必盯那麼緊。」說盯緊還眞的盯緊！他今天一大早起來盥洗時，一開門還看到聿站在門口盯他，這根本就是冤靈附身吧！也太緊迫盯人！

完全不發一語，聿繼續進行他的盯人動作。

無奈地嘆了口氣，虞因只好繼續乖乖被盯，正要走向停車場時，他突然發現醫院大廳有個很眼熟的人，一開始他還以爲自己看錯人，因爲昨天之前對方的確還是顆毛毛的，今天頭髮已經不見大半了。

整個頭髮大概剩下肩膀再下去一點點的長度，整把抄起來綁成一小束馬尾，但頭髮以外的部分還是皮包骨得很驚人。

一和虞因對上視線，對方就自己走過來了。

「你的頭髮怎麼剪了？」剪掉是比較清爽啦，看起來好像也比較沒那麼恐怖，而且也更清秀了，不過走近一看，虞因也注意到他的頭髮整個亂七八糟的長短不一，完全不像是去理髮院那種地方剪的，根本就像是被狗啃過。

「昨晚回去時，正要上樓就有人尖叫有鬼，評估後最近可能要經常外出走動，剪掉方便一點。」東風注意到他的視線落點，隨手拉了一下頭髮。

「……你下午應該沒事吧。」越看他那顆頭越覺得不爽，虞因拿起手機撥了他美髮院的學長預約。

「我想去找人。」看了眼好像對自己有敵意的聿，東風拿出四方方的東西，打開之後是摺疊好的八開紙，上面畫著兩個小孩的素描。

「你畫的？」有點驚訝，虞因看著圖紙，整張圖超寫實，寫實到穿的制服上繡的校名和學號也都清清楚楚。

東風點點頭。

「難道你是美術班嗎……」看著學校名稱，其實就在那天自殺現場附近而已，虞因有點疑惑，轉向旁邊臉色很不好的聿，「小聿你覺得呢？我總覺得有點眼熟……」剛剛在看圖紙時他就注意到了，小孩的樣子好像在哪邊看過。

不甘不願地接過圖，聿端詳了一下，然後挑起眉，按了手機給他看。

「啊，就那天撞到我們的那兩個小孩子嘛。」看著手機上的字，虞因一擊掌，也想起來了，那天在現場他被兩個小孩子撞了一下，接著後面就一大群媒體，所以他便忘記有這回事，現在聿一講他就整個記起來了。

「嗯，就是他們。」東風接回圖，又仔細地摺好放回口袋。

「你前天是要去那個公寓找他們？」虞因記得虞夏說過對方住得有點遠。

東風想了想，搖頭，「找死者。」

「你本來是要去找死掉那個女孩子？」虞因錯愕了。

「嗯。」這次點了頭，東風很認眞地說著：「本來快跟上了，但走到一半太暈了，走不下去，晚了一步。」

「你先等等。」按著人，虞因左右看了下，直接拉著聿和東風走到醫院附設的咖啡座，幫所有人都點了飲料、點心之後才繼續問道：「你可不可以跟我說所有的事情？你爲什麼找死者？還有那兩個小孩是……」

有點遲疑地看著虞因半晌，到小蛋糕和飲料上桌之後，東風才慢吞吞地開口：「我本來想要去找學長，但是太久沒出來，搭錯車，下車之後在附近賣場看到死者，她有自殺和殺人的徵兆，所以跟上去。」他想了下，說了賣場名稱和時間。

「你怎麼知道？」聽他的口氣，他和死者並不認識。虞因皺起眉，和聿交換了一眼，後者默默地打開了手機錄音。

東風看了聿一眼，也沒反對他們的動作，「她在賣場裡行爲很焦躁不安，在三櫃和六櫃徘徊很久……」

「三櫃跟六櫃……？」

「藥品、清潔劑、刀具，後來買了水果刀、維他命等，以及少量的食品和女性用品。」頓了頓，東風摸著跑出水珠的飲料杯，「她挑水果刀太久了，挑選時數度眼眶泛紅，我評估那應該不是要殺水果用的，而且她也出現了疑似創傷後強迫性反覆動作。所以我才想跟上去，後來就走不動，結果她就被殺死。你們可以請虞夏去賣場調監視器，應該可以找到我說的片段。」

「你爲什麼這麼確定死者是被殺死？」虞因邊聽著邊覺得恐怖，更別說對方是用一種冷靜的敘事態度。

「她買了食物和女性用品。」東風看著對方：「想自殺的人不會買，假使想死，買維他命的人不會立即選擇跳樓。」

「那創傷是……」

「死者被人性侵。」

回答的不是東風，虞因幾個人抬起頭，就看到嚴司站在櫃台前，笑笑地朝他們招手。

「嚴大哥？」

虞因站起身，看著莫名其妙冒出來的某法醫端著自己那份點心，悠悠哉哉地晃過來，一派自然地在旁邊的空位坐下；他坐下之後，一旁的東風明顯露出嫌惡到不行的表情，還把椅子往旁邊拉遠，活像是看到什麼天敵仇人。

「嘖嘖，小東仔，好久不見，何必見面就傷感情。」看著對方露骨的動作，完全不介意的嚴司笑得很奸險，「我前室友前兩天還在擔心你會乾巴巴地在家裡死翹翹。」

「你們認識……啊！」虞因看他們好像很熟，嚴司一講話他就想起來前兩天的對話了，「他就是黎大哥的學弟？」原來就是傳說中負面那個嗎！

但是他不覺得骷髏有很負面啊，就是太乾了，真的很像乾屍。

「對啊，言東風，跟我同音不同姓啊，名字可古典了。」嚴司很好笑地看著對方，也沒想到才在講，這傢伙就冒出來了。「怎麼你們會湊在一起討論案子啊？」他今天遇到虞夏時，是知道他們有讓被圍毆的同學知道訊息，但是不曉得這個乾屍小學弟也攪和在裡面。

「他也是目擊者啊。」虞因指指一臉不爽的骷髏，「前天我們三個在一起，他路倒了，所以本來想帶他回去。」

「又路倒？」嚴司挑起眉，看向某慣犯：「小東仔，你一天到晚路倒的習性可不可以改一下，如果要出來運動，起碼平常也要吃東西再出來運動，運動是強身健體不是運到路倒，我前室友說你之前在學校路倒還撞過石頭被拉去縫七針，你眞是死不悔改耶。」

「干你屁事。」東風毫不客氣地罵回去。

「想要殺我也要有體力，看你這種厚薄度，刀舉起來八成自己先骨折。」打量著對方，嚴司總覺得對方好像更乾了一點，和最後一次見面時貌似又有點落差，「跑兩步跌倒還會全身骨折，眞的不是當兇手的料。」

「……殺你不用體力，還有，別再擅自亂叫我。」

「你不喜歡小東仔，難道叫小東西或小東東比較可愛嗎？」雖然他是覺得叫這兩個也很有趣啦。

「嚴司！」

「呃，麻煩請停止。」看他們兩個好像越吵越凶了，虞因連忙卡進中間拚命朝嚴司打眼色，要他不要再鬧了，「我們剛剛才在講跳樓案，嚴大哥說性侵是……」

「我前室友也覺得屍體初步檢查很有問題，要我再去看看啊，害我昨晚開夜車。」嚴司打了個哈欠，抓抓頭，「因爲他說死者沒男朋友，但是屍體上的痕跡看起來應該是有進行過不少性行爲，所以我就先從這方面檢查了，然後就發現死者可能被性侵。」正常性行爲與性侵造成的痕跡是不同的，不用切就知道了。

「果然。」東風別開臉喝飲料，邊聽邊嘖了聲。

「學弟，你也看出來是性侵喔？」其實剛剛站在一旁聽他們聊了有陣子才出聲的嚴司，當然也有聽見虞因的答客問。

「我不是你學弟。」一股無名火又冒出來，東風努力把視線固定在旁邊的聿身上，打死不回頭看渾蛋，「大熱天穿長衣、長褲，手腕、脖子都有隱約的瘀痕，加上賣場裡的所有反應動作，大致上可以猜得到，新聞報導出來後更確定。」

「你可以跟我跑一趟警局作證嗎？」虞因很誠懇地問。

「不可以。」東風回答得很快，「我和警方不是等號，但我說的你們應該都查得到。」

「你這樣很難相處耶。」嚴司也很誠懇地告訴對方。

東風瞪了嚴司一眼，然後站起身很快就離開了，就丟下三個人面面相覷。

然後，虞因先開口打破沉默，「嚴大哥，人被你氣跑了……」

「被圍毆的同學，實際上他是被你嚇跑的。」嚴司憐憫地摸摸虞因的腦袋，「小東仔學弟很討厭人家跟他提到與警方合作。」不然他家前室友早就好說歹說把人騙來用了。

「咦？可是他不是黎大哥的學弟……？」沒記錯的話，虞因記得黎子泓的確是法學院的。一般那裡出來後的工作職業，應該很經常會與警方接觸吧？

「是啊，但是他有點奇怪。根據我前室友的八卦消息，小東仔學弟是他畢業兩年後進去的，也就是本人要風光畢業的前一年；而且連續兩年學業全年級第一，但是二年級突然無預警休學了，學校方面也不知道原因，總之就是執意辦了休學，我前室友去勸了好幾次都效果不彰，小東仔學弟好像也沒什麼朋友，我前室友還是回母校客串講座時認識他的。」

「等等……他今年貴庚？」虞因突然覺得之前自己好像把人看太年輕了，他還以為是高中生，因為那副外表與身材實在不像成年人，說是高中生也太虛，所以才沒有跟嚴司他們在講的乾屍聯想在一起。

「算起來，跟被圍毆的同學你差不多大喔，他有跳級早讀。」嚴司拍拍對方的肩膀，完全曉得對方的驚訝點，「但是長期營養不良，加上他自己本身有點厭食症，所以沒啥在發育，骨頭都萎縮了，搞不好比六十歲的老人還疏鬆。」

看著旁邊最近已經長肉的聿，虞因若有所思地想了下，也不知道昨天虞夏是怎麼判斷的，他家二爸那時候的確也講了一句該不會是厭食症吧，「欸，那他有跟家人住嗎？他身上很多傷耶。」

嚴司搖搖頭，「沒喔，他自己住，別看他這樣，小東仔有在線上玩股，聽說賺不少。那些傷都是他自己弄的，與別人沒關係。」

「……自殘？」怎麼有人可以把自己虐待成那樣子？

「不是，你是看到他手腳上很多刀痕、傷疤對吧。」嚴司比了比手上的位置，解釋道：「小東仔學弟美術方面不錯，我前室友說他很會雕塑，家裡放了很多石膏、陶土等等那些東西，不過他營養不良沒什麼力氣，還精神不集中經常發呆，所以常常手滑捅到自己，我前室友有次就是去他家看到他倒地默默在流血，半夜還打越洋電話跟我講這個。」他很認眞覺得對方想辦法殺掉他之前會先自滅，傳說中的傷敵零一自損一萬。

「……」虞因這次眞的無言了，突然覺得自己很想騙人去看是不是家暴有點傻，「算了，我得先跟二爸講一下剛才的事情才行。」他們講好了要說出來。

「我也和我前室友打個招呼好了。」也跟著撥起電話，嚴司也要去打剛剛的小報告。

坐在一旁的聿看著剛剛東風原本的座位，思考了半晌，才把對方沒動過的小蛋糕也拿來吃掉。

「對了，我們等等去小學吧。」等待通話時，虞因看著聿，突然提議道，「去找看看那兩個小孩，小聿你還記得學號吧？」也不知道東風找那兩個小孩幹嘛，但是他就是直覺好像也有必要去，不然東風就不會特別來醫院說這件事了。

聿點點頭，然後皺起眉。

「安啦，小學不會有危險。」

大概吧。

□

「小伍，你可以去幫我調個監視器嗎？」

虞夏在掛掉電話之後，朝著剛好走過來的同僚招招手，「地點和時段都寫好了。」他將剛剛從虞因那邊聽到的訊息派給對方。

回過頭，黎子泓也掛掉手機。

「阿司說我學弟在找兩個小學生……阿因在案發現場有遇到他們。」黎子泓有點無奈，他好說歹說他學弟都不想跟他們扯上關係，沒想到竟然會碰巧與虞因兩人走在一起了，果然世事很難預測。

不過既然是目擊者之一，為何當天現場員警沒有做到這份記錄？連登記名字也沒有？看來回頭應該問問是誰處理的。

「原來昨天那個是你學弟。」昨晚載人回去的虞夏整理了一下桌面資料，對那個瘦到不成形的小男生印象很深刻，「我路上還買了一些吃的給他，被我哥看到一定會狂唸，到底是厭食症還是他有啥病啊？怎麼會瘦成那樣子。」送人上樓前他還特別向對方強調一定要把東西吃完才可以休息，也不知道有沒有好好吃飯。

「有輕度厭食症，大部分時間還是有吃點東西跟維他命，給他東西他也會吃，但是有時候會吐，也不知道為什麼。」黎子泓嘆了口氣，對於那名學弟感到很無奈，「以前阿司押著人檢查過，說身體裡面該有的都有，除了營養不良沒重大問題，恐怕是有什麼心理疾病，似乎進大學前就這樣了，老師和教授也講過好幾次。」雖然說是學年第一，但教授們總怕有天他就這樣死在課堂上，真的很可怕。

「眞是奇怪……阿因也不知道怎麼認識的，昨天說是朋友。」虞夏也搞不清楚，總覺得自家大兒子沒事就多出奇怪的朋友，不知不覺已經脫離他所認知的酒肉朋友範圍，往怪異的方向發展中。

「東風不會有問題，我可以擔保他的品行。不過既然他介入，那我想應該很快就可以找到些什麼。」想著這兩天還是再去對方家走一趟，黎子泓咳了聲，轉回正題：「阿司確定了死者生前曾被性侵過，而且恐怕不止一次，我想針對死者周遭的人重新過濾一次。」

「我待會去死者家走一趟。」既然已經出來了這麼多疑點，虞夏就有必要去找家屬解釋和請他們配合清查，不管是不是自殺，都必須讓家屬知曉，雖然很殘酷，但是抱持真相死去的年輕女孩的悲哀在生前沒有人能幫她，死後希望能夠還她一個公道。

「嗯，晚一些再來匯整資訊了。」還要跑其他案子的黎子泓點點頭，「東風昨晚有跟你說什麼嗎？」

虞夏搖頭，「沒，整路上完全沒講一個字，只有回家前說了謝謝，就跑了。」

「嗯……」看來學弟果然還是不想與警方合作，但是爲什麼今天就肯告訴虞因呢……畢竟虞因也是警方相關人士，黎子泓也想不明白，只能等到下次見面時再問看看了。「那麼就先這樣，有事情再隨時電話。」

「好。」

送走黎子泓之後，虞夏向自己小隊交代好其他案子的事務後，拿了鑰匙就離開警局。

死者家距離局裡不算太遠，沒多久就到達了。

在附近停好摩托車正打算去拜訪時，遠遠在巷口他就聽見吵鬧聲。

快步走過去後，他就看見小吃店家前面聚集了很大一群人，四周有許多散落破碎的碗盤殘片，地上還翻倒一大鍋不知道什麼東西，熱煙正在冒，中心點兩個人扭打在一起，不管是員工還是鄰居都急著要將他們分開。

但是兩個打在一起的中年男性手上都拿了攻擊性物品，一個握著已經出現缺口的菜刀，另一個手上是歪掉的鐵棍，兩人身上臉上都帶傷，傷口大小不一，讓旁人想拉也不敢太過接近。

「別打了！」拿鐵棍的那人後面有個婦人，很緊張地大叫，「他有刀！別再打了！」

虞夏很快就分辨出來，拿鐵棍那方是死者的父母，持菜刀的則是小吃店老闆，照片上的人臉沒有這麼鼻青臉腫就是。

周邊好像也有些人被波及，幾個員工、路人手上多少都有點瘀青擦傷，還有戴帽子的路人邊抱怨倒楣邊一拐一拐地走掉。

「怎樣啦！有本事今天一次處理！看是要你死還是我死！幹！」揮著菜刀的老闆怒吼著：「說你女兒又怎樣！那種貨色死了還要裝純喔！別笑死人了！敢做還怕人說！」

「你還敢說！」握緊了鐵棍，譚父一棍子打在老闆的肩膀上，後者咆哮了聲，菜刀揮過去就砍在鐵棍上，又引起周圍人一陣驚呼，「我今天不送你下去跟我女兒作伴，我、我對不起她！」激動到眼睛都發紅了，他再度抬起鐵棍。

「你乾脆今天下去跟你女兒作伴好了！」

在眾人驚呼同時，虞夏幾乎也是在同時間卡進兩人中間，先抓住落下的鐵棍往前一橫，讓菜刀砍在鐵棍上之後，他借力用肩膀把譚父撞開，順勢一腳把老闆踢走，在老闆摔倒在地時，上前扭住對方的手，奪下菜刀。

「警察，通通不許動！」把菜刀劈進一邊的砧板上，虞夏將鐵棍丟到另一邊的桌面，然後亮出證明，「吵什麼吵！」

似乎被這種轉折給驚傻了，老闆和譚父一時不敢亂動，一旁的婦人趕快扶起譚父，拿了衛生紙幫他按住正在出血的地方。

「發生什麼事？」虞夏隨便抓了一個員工過來劈頭就問。

「呃、這個……這個……」領人薪水的員工看著爬起來的老闆，支支吾吾地不敢隨便亂說。

「幹，有什麼不能說的！」抹著臉上的血，眼睛還泛著血絲的老闆走過來，凶狠地瞪了眼譚父，「樓上這兩個白目的在那邊搞什麼有的沒的，弄了一大堆花出出入入，陽台上面也放了一大堆，蚊蟲螞蟻、花瓣花粉全都掉下來，風一吹……幹，我店裡的東西還要不要賣！」指著沾黏細小花瓣的滷味盤和台子，老闆非常憤怒地罵道。

虞夏一抬頭，果然看到二樓窗台上全都是滿滿白色的花朵，除了白菊還有百合花、玫瑰花等等，乍看之下還滿漂亮的，只是眞的會掉花瓣和花粉，有的比較小朵禁不起風吹，就直接掉落下來。

「還有，你看看公用樓梯！」指著旁邊的小公寓出入口，那邊也擺放了幾盆白花，上面還掛著好幾串紙鶴，老闆怒罵道：「恁北做生意他在那邊放菊花，人客進來都覺得怪怪的，死女兒的是我們樓下嗎！神經病！」

「你嘴巴放乾淨一點！」譚父指著對方怒罵：「有問題你直接說，你敢罵我女兒我就跟你拚命！」

「事實還怕人家說！放啥百合玫瑰，你以爲你女兒多聖女！在外面還不是跟人亂搞！死了才要裝純潔，我幹——」

「全部都給我適可而止！」虞夏喝了聲，讓本來又差點打起來的兩人停下動作：「還打！都給我閉嘴蹲下！」

在周圍眾人議論紛紛時，警車鳴聲也從遠處傳來，可能是不知道哪個街坊鄰居報警，一下子就來了好幾個派出所員警，看到虞夏也有點吃驚。

才不管他們要吃什麼，虞夏只丟下一句——

「都帶回去。」

□

下午的時間，虞因和聿來到了國小前。

說還得回去工作的嚴司很遺憾沒時間跟他們一起來尋寶，但他的任務已經終了，要回去繼續趕工。

虞因問了是什麼任務，結果得到差點讓人吐血的答案。

「來監視你有沒有乖乖上醫院報到，順便找我親愛的學長敘敘舊。」嚴司完全不遮掩自己的陰險笑：「我跟老大賭你會落跑去新世界，所以叫我學長幫我注意一下，看到你出現快點告訴我來看笑話……我是說看熱鬧，沒想到被圍毆的同學你居然正常人了什麼事情都沒有，眞讓人傷心，我輸了一整局的飲料。」不過也不算什麼都沒有啦，遇到那個乾屍他就覺得有點値回票價了。

聽完之後，虞因先是眼神死了幾秒，接著直接朝嚴司的屁股踢下去。

然後號稱昨晚開夜車開到快死翹翹的某法醫覺得沒什麼事情後，又回去繼續他的工作了。

環顧著眼前的小學，也就是在圖書館附近大概十五分鐘左右的路程，走去到大樓也不算太遠，因爲即將放學，門口幾處攤販也都出現了，賣冰的、賣雞蛋糕的，一到達聿就跑去買了一大包的雞蛋糕，正站在一邊津津有味地咬著。

虞因塞了飲料和守衛打聽了一下，隨便掰個理由說是親戚找他幫忙載小孩，但是他有點忘記小孩的樣子，只記得學號、班級，問問看守衛可不可以幫他留意等等放學的學生。

有點年紀的守衛看他們也是學生樣子，居然也沒有覺得哪裡奇怪，就說等等班級路隊出來會跟他講。

即將下課的時間，小學外面人車也已經開始聚集，明明接送區是在側門，大門口也寫了禁止停車，幾輛貪方便的車子還是擠進了大門口的範圍，空隙間還塞進不少機車。

虞因其實很不喜歡某些小學放學的這段時間，因為交通都會大打結，就算有人出來管制，家長也都是抱持著也才停一下下、小孩上車就走、我停在旁邊多不方便啊、小孩出來還要走那麼遠很辛苦……等等這樣的心態堵塞在馬路邊。之前他就是為了要閃這些亂七八糟的家長差點摔車，向校方反應過也沒有任何改善，群體自我方便的家長總是有一百種說詞讓學校無法管。

站在圍牆邊，虞因聽見了放學鐘聲響起，不到五分鐘就已經有小孩子從校內衝出來，開始奔向等待的家長們，成群的班級路隊也開始出現。

「快出來了。」幫忙指揮交通的守衛看了一下路隊旗，向虞因指了一下後面的隊伍，「那一條就是了，三年級的。」

「謝謝。」

正要招呼聿一起過去找人時，虞因突然覺得耳朵痛了下，好像有什麼小蟲子嗡嗡的聲音，整個刺痛起來。

猛一看去，他突然看見上次那個十五、六歲的女孩子就站在學生群中，四周的空氣好像在瞬間停滯，蒼白的臉看著他，突然抬起手指向了他左側的方向。

跟著看過去，虞因突然看見他要找的其中一個小孩就從校門左側跑出去，正要衝過左邊的斑馬線，其實這時候擁出來的小學生非常多，多到沒注意看根本不會注意到，何況幾乎都還戴著橘色的帽子遮掉泰半的臉，但不知道爲什麼，他就是一眼看到、還非常確定對方就是他要找的人。

「喂、你等等！」

也來不及招呼聿，虞因拔腿就追上去，但是下面的小孩子太多了，一下子沒辦法橫跨過去，只能先吼向對方。

似乎聽到叫喚，小孩在馬路邊停下來，有點疑惑地轉回來看他……應該說是很多人全部轉過來看他，因爲根本不知道是在叫誰，一時幾十雙眼睛同時唰唰地看過來。

幾乎在那瞬間，一輛紅色小轎車從小孩身後呼嘯而過，再晚一秒停下，他可能就會被撞個正著。

戴著帽子的小男孩瞠大眼，露出一個好加在的表情，然後轉頭。

就在虞因只差幾步、快抓到人時，突然有台家長的機車從旁邊竄出來，險險撞到他，他也因此停下腳步，就這樣眼睜睜看著小男孩好像被誰撞了一下，整個人往已經綠燈的斑馬線上摔下去，根本沒注意到會有小孩子摔出來，行車發出尖銳刺耳的煞車聲。

周遭家長發出尖叫聲。

接著，就看到有條黑影撲出來護住了那小孩，然後被來不及停止的車子撞開到一邊。

那瞬間虞因整個停止呼吸。

「小聿！」

他衝上去，車道上的車子全都停下來了，家長們帶著小孩也不知所措地站在原地，原本鬧烘烘的四周也在瞬間全安靜了。

小男孩從聿的懷裡鑽出來，一隻手上都是摔倒磨到的擦傷，痛得哇哇大哭。

躺在地上的聿緊閉眼睛，額頭上的血紅色迅速擴散到整張臉上，接著順著輪廓緩緩地滴下，一點一滴地落在柏油路上。

也不管那個男孩，虞因顫著手壓住了聿額頭上不斷出血的傷口，這才發現他的手臂上也有一道很大的撕裂傷。

恍惚間，他聽見救護車的聲音響了起來。

醫院的走道上，虞夏看著鬥毆後正在包紮的人。

「警察先生，我說的都是眞話，他女兒明明就不是什麼乖小孩，而且他們搞成這樣，讓我的生意也難做。」羅老闆、也就是羅強拿出菸盒，大概是想到醫院和罰金，又把菸盒給收回去了，「敢做又不敢承認。」

「爲什麼這麼說？」爲了怕他們又在急診室打起來，虞夏請醫院把兩人分開房間治療，然後就先來了老闆這間，「你有什麼證據？」

「厚！我說眞的啦，之前我透早出去補貨時，在附近看到他家女兒跟一個男的勾勾纏，大清早的以爲沒人看到，在騎樓下面親來親去的，連手都摸到衣服裡面了，有夠不要臉的。」羅強嘖了聲：「是說原來你是警察，上次來店裡吃飯怎麼沒講……」

「你有看清楚那個男人的長相嗎？」並不想解釋虞佟吃飯的問題，虞夏直接詢問道。

「沒，啊、啊就那時候急著去補貨，誰會去看他們在那裡摸來摸去，恁北還想回去洗眼睛咧。」抹了一下鼻子，羅強很快地說道：「那種女學生只會到處跟男人亂搞，我看她去外面租房子，講好聽是怕我們吵架，講難聽一點就是找姘夫在外面比較方便。」

瞇起眼睛看著對方，虞夏覺得眼前的中年人並沒有老實說出全部事情，而且看他的態度和剛剛急於撇清的回答，似乎還瞞著什麼事，於是他也很直接地開口警告：「你最好不要隨便說謊。」

「警察先生，立委跟議員我也認識好幾個，大家就不要撕破臉比較好吧，我做我的生意，你做好你的警察，今天是樓上要害大家做不下去，你應該好好去對付他們那種暴民，少來找我麻煩吧，大家和氣生財。」羅強打從心底看輕眼前的年輕員警，就算是老鳥，只要講到立委和議員也會馬上態度丕變，或者是再塞上點錢，管他多年輕多資深，都會買帳。

「……我虞夏不吃這套，看你要搬誰出來我都隨時候教，我現在就以公共危險一起扣押你們，有什麼話回局裡慢慢說吧。」一把抓住對方拿出手機的手，虞夏往前傾，冷冷地看著對方：「我最討厭你們這種搬民代立委的垃圾，這世界的公道就是爛在你們手裡，你們最好保佑永遠都不會發生任何事情，沒有一個立委會永遠都是立委，你會搬，別人也會搬更高的到處關說……直到警政系統都腐爛之後，你們就小心不要出事，到時候看有哪個警察還有辦法救人。」

「幹！」抽回自己的手，羅強火大地按下號碼。

懶得去管他要把自己抹到多黑，虞夏轉頭離開房間，吩咐外面的員警看好人，就往另一邊走去。

在另一個治療室裡是譚家的父母，還有一個趕來的兒子。

「我一定要告死他！」譚父激動地罵道，情緒還是很亢奮，不過在看到虞夏進來之後就稍微收斂一點了，「警察先生，我請醫生開了驗傷證明，他根本是殺人未遂！」

「對啊，拿菜刀耶！拿菜刀要殺我先生，警察先生你也是證人！我們一定要告死他！」譚母上前拉住虞夏的手，「而且他還抹黑我女兒名譽……我可憐的女兒，都死了還要被那個爛人這樣講，這世界哪還有天理啊！」

「媽，別這樣。」兒子拉開了自己的母親，朝虞夏點了下頭。

這個青年就是和虞佟見面的那個，虞夏知道他叫作譚奇正，是某個外商公司的員工，平常也很少在家。

「那個爛人，你妹妹生前就抱怨過每次回來時，死變態都騷擾她，你妹妹跳樓自殺搞不好就是他害的！」一把鼻涕一把淚地說著，譚母在兒子的攙扶下坐到旁邊的椅上，但是抱怨依然沒停：「小芸之前都說回來經過樓下很不舒服，那個變態之前還摸她屁股，你爸氣不過衝下去還跟他打起來……怎麼會有這種人……」

「有這種事？」譚奇正皺起眉，「之前回來妳跟爸怎麼都沒說？可以告他性騷擾啊。」

「你妹不敢講啊，說不要鬧大。」譚母淚汪汪地指控著：「好幾次了，小芸都偷偷跟我講，說樓下那個老闆很噁心，還都色迷迷地看她，問我們一定要住在這邊嗎，那是我們的房子啊，哪有我們搬出去的理……」

「請問有確切的證據嗎？」虞夏看著眼前一家人，不得不出口打斷：「能不能把詳細的事情都告訴我？另外，想請你們配合讓我們去譚小姐的房間看看。」

「有什麼問題嗎？」譚奇正立刻問道：「我妹妹都已經自殺了，難道還有什麼……？」

「我們推測死因可能不單純，但還未有確實的證據，雖然說是自殺，但是似乎有其他問題，請問你們願意讓我們繼續查下去嗎？」

「查！」在譚母和其子都還沒表示意見時，譚父整個人暴跳了起來，瞪大的眼睛赤紅到猙獰，「我們家隨便你看，小芸的房間你全部都拿去查！我不信小芸會想不開去跳樓！就算死了我也要知道原因，我一個女兒養那麼大就這樣沒了……你們一定要查出一個眞相給我，不然我死都不瞑目！」

「我也想知道，小芸前幾天還回來陪我們吃晚飯，還在跟我們講笑話……」說到傷心處，譚母又擦拭起眼淚。

「拜託你了。」譚奇正直接向虞夏彎腰，「我妹妹的事情，拜託你們了，不管是什麼事情我們都配合，請讓我妹妹可以安安心心地回佛祖身邊。」

虞夏拍拍譚奇正的肩膀，「我們會盡力的。」

診療室外，又響起了救護車的聲音，打斷了他們的談話。

□

「快點叫醫生！」

跟著擔架下車，虞因看著躺在上面染滿血的聿，完全止不住內心的害怕。

救護車的鳴笛就像從另一個世界傳來，非常不真實，周圍的吵雜聲也不真實，他就這樣跟著跑，直到被其他人拉開，說不要妨礙醫生急救，就這樣孤伶伶地被丟在空蕩的地方。

四周的空氣在瞬間都凝結了。

他看著自己的手，全部都是血，暗紅色的血液像是詛咒的顏色，連他身上都是，剛才還暖熱到燙手，現在已經冰涼到刺骨。

那時候，要救小孩的是自己，但他慢了一步，他明明已經繞過機車要衝出去了，但是他晚了一步。

明明、躺在那邊的應該是他。

他沒辦法開口，急診室的簾子拉上，護士將他推到治療室門外，只剩他自己一個人。

在急診室的其他病人竊竊私語著，地上還有一路推進去時所滴下的血跡。

虞因毫無感覺地在走廊上滑坐下來，背脊就靠著冰冷的牆壁，牆壁後面是醫生正在搶救的聿……他將臉埋在沾滿血的手上。

他怎麼可以眼睜睜地看著聿衝出去？

某種冰涼的東西在他旁邊停下，他感覺好像有什麼東西靠了上來，低低的哭泣聲縈繞在耳際，灼熱的痛印上了肩膀。

「走開。」

他現在什麼都不想管，連看都不想看，「全部都給我走開！」

或許是感覺到他的心情極度惡劣，那哭聲很快就不見了，換成了輕輕的腳步聲。

虞因抬起頭，一個護士逆光彎下腰，遞給他乾淨的毛巾，「沒事的，醫生說都是外傷，你快點把手、臉擦一擦吧，等等處理好就可以進去了。」

他接過了毛巾，護士給他鼓勵的微笑，就去安撫正在急診室裡吵鬧的人。

那是幾個正在鬧事的人，或許在外都只是一般民眾，但現在大吵大鬧著，讓人看起來格外地厭惡。

「為什麼醫生不先看我！我都來了半個多小時了，你們醫院是覺得病人死了活該嗎！」衝著護士咆哮著的是個看起來好像沒什麼問題的中年人。

「很抱歉，目前急診醫師都在處理急症……」

「我就不是急症嗎！我頭痛一整天了，來你們這裡還要等！你們醫生是多偉大啊！」

「不好意思，可是剛剛已經先給你藥，您只是一般感冒……」

「幹你娘咧！醫生不用出面，以為是給我仙丹嗎！我頭痛到快爆炸了還一般感冒！吃那啥藥根本沒用！叫醫生快出來！」

他看著，這種一般民眾的嘴臉。

「對不起，可是醫生們現在手上真的都是很危險的病人……」

「小姐，那我們什麼時候才可以看？」坐在一旁等待的婦人也跟著叫嚷了起來，「我女兒一直咳嗽，都等了快一個小時，醫生到底什麼時候才要來幫我們看？」

「我可以先幫妳安排到一般門診。」護士說著一個小時前就說過的話：「妹妹也只是一般感冒，醫生剛剛也建議您可以先轉到……」

「門診要等很久欸，你們醫生到底哪時候可以看啊！」

虞因抱著頭，不想再看這些人也不想聽，他感到厭惡與厭煩，那些爲了自己不顧別人的叫囂聲，護士被拉扯著無法去幫助其他人。

眞的很吵。

幾秒之後，護士尖叫了起來，「請不要這樣！」

那個頭痛的中年人拉扯著護士，就想一巴掌打上去。

他站起身，用最快的速度抓住了上揚的手，然後扭住對方的關節，直接把中年人的手反折後借力將人摔倒在地，正好讓趕上來的保全壓住對方，「不要在急診室打架。」虞因甩開對方的手，站起身，可能是他的身上、臉上、手上都是血，看起來太過駭人，剛剛還在吵鬧的人全部安靜了，一句話都不敢再說。

他轉頭，看著往後縮的婦人，「小感冒就去一般門診，急診不是這樣給你們用好玩的。」心情已經夠差了，看到這些人更是整個惡劣到不行，爲什麼聿就要躺在裡面，他們這些根本沒什麼大病大痛的人可以在外面活蹦亂跳地叫囂？

婦人抱著小孩，用一種又害怕又厭惡的神情回瞪他。

虞因哼了聲，周圍都安靜下來，他的腦袋也沒那麼痛了，正想走回牆壁邊等待時，另一個護士從治療室裡跑出來，低聲告訴他：「醫生說可以進去了。」

他聞到濃濃的消毒水味。

護士拉開簾子，正為傷患診治的醫生看到人來，就朝虞因招招手，「你是他的……？」

「家屬，我是他哥。」虞因立刻靠到床邊，看著躺在上面的聿，他的臉色整個很蒼白，頭上已經固定了紗布和繃帶，手臂上也一樣用紗布壓著，床邊的支架上掛著血包，正在緩慢地輸送著血液。

「等等來辦個住院手續，可能有點腦震盪，要住兩天觀察，還有手上撕裂傷稍微嚴重了一點，要好好照顧才不會感染。」醫生交代著一些注意事項，然後開了單據，讓虞因等等去辦理，「不過幸好都是外傷，如果頭沒有事，明後天就可以出院了，回家小心一點就好，這兩天注意傷口不要碰水，也不要吃刺激性食物。」

聽到這裡，虞因才整個鬆了口氣，「謝謝。」

醫生和護士離開之後，虞因在床邊坐下來，一低頭才發現聿已經醒了，正眨著紫色的眼睛巴巴地往他這邊看。

「有沒有哪裡痛？」

聿看著他，搖頭。

「你幹嘛衝出去。」因爲對方頭上包繃帶，虞因實在是揉不下手，只能開口問：「我本來——」本來應該是他去救那個小孩。

「你會去，不行。」聿看著一臉懊悔的虞因，很愼重地說：「盯著你。」他答應過虞夏了。

「你眞是……」也不知道應該講什麼，虞因很懊惱，沒想到會把聿牽連進來，還害他被車撞而受傷，他根本不想看到身邊的人因爲這些事情有所傷害，「以後別再這樣了。」

聿皺起眉，「你也是。」

「我才……」

正想反駁時，虞因突然注意到入口處有人，一抬頭就看到那個被聿救下來的小男生跟他的母親站在那邊，他朝對方點了一下頭，媽媽就帶著小孩進來了。

「很謝謝你們救了我家小孩。」看著床上的聿，媽媽深深地一鞠躬，然後將包著手的小男孩往前推，讓他也道謝，「治療方面的支出，請讓我們家幫忙負責吧，因爲我家小孩自己沒看路，害你們也受傷，眞的很抱歉。」

因爲對方很誠懇，虞因也連忙要他們不要太介意，「總之沒事就好，人平安最重要，我弟也沒有很嚴重，小弟沒事就好。」

小男孩露出一種欲言又止的表情，這讓虞因覺得有點奇怪，拉了椅子請他們坐下來，順便問是怎麼了。

「我是被人推的。」

男孩這樣說。

□

這對母子叫作王秋雪與葉翼。

根據葉翼所說，那時候虞因叫住他時，他的確愣了一下。

「可是後來，看到紅綠燈變成紅燈了，我就停下來，沒有要往前走，我有看路。」小男孩強調著自己的清白，反駁了媽媽說他走路不看路的話，「是有人推我，我才摔出去，不是因爲我沒看。」

幫聿墊了枕頭讓他半坐起來，虞因看著小男孩，「你有看清楚是誰推你嗎？」

「沒有。」葉翼立刻就搖頭了，「沒看見。」

「怎麼會有人這麼過分啊，不知道路口監視器有沒有拍到，就算是惡作劇也太過火了，還好我家弟弟跟你家弟弟都沒事。」王秋雪很不滿地說著：「現在的社會眞的越來越亂七八糟。」

「如果不介意，帶弟弟去備案比較好，幸好車子有煞車，不然眞的會出事。」虞因想著等等也得出去做筆錄，畢竟還是車禍案件，對方車主也被嚇個半死，不過人很好，連連說不用賠償什麼的，大家沒事就好。

「對了，請問你那時候叫我家小孩有事嗎？」婦人在寒暄之後，想起了另一件事。

「喔，是這樣的。」爲了保險起見，虞因問了大樓位置，確定了不是他們的住所之後，才詢問了小男孩：「你那天是不是和你另外一個同學去了那棟大樓？」

看了旁邊的母親一眼，葉翼支支吾吾地不敢講話，倒是王秋雪皺起眉，一巴掌往自己小孩肩膀上打下去，「你又給我亂跑！你是不是又跟隔壁那個徐小高亂跑了！媽媽不是說過不要和小高玩在一起嗎！他們家裡很複雜，要說幾次你才會聽啊！」

「可是他爸爸又打他啊……學校裡面其他人又不理他，媽媽妳不是也講說要幫其他小朋友嗎，小高很可憐啊……」有點委屈地扁起嘴，葉翼低下頭，十隻手指扭在一起，「老師也不敢管他，他爸爸那麼壞……媽，小高可不可以來住我們家啊？小高飯都吃很少，我的飯分一半給他這樣好不好？」

王秋雪嘆了口氣，有點無奈地拍拍兒子的頭，「小翼啊，大人的事情很多都很複雜的，小高來住我們家不會有什麼改變，而且他媽媽一定也不願意。」說完，她看向虞因，解釋道：「你問的另一個孩子是我兒子的同學，也是我們的鄰居，叫作徐志高。他媽媽因爲吸毒的關係現在還在勒戒，之前也涉及搶案，可能還要坐一陣子的牢。現在跟他住在一起的是媽媽另外改嫁的繼父，他媽媽坐牢之前把小孩子託給第二任丈夫養，也付了一大筆小孩的教養費。可是那個第二任不是好人，隔壁出入分子很複雜，還常常帶不一樣的女人，心情不好就會打小孩，我們左右鄰居都不想跟他有什麼牽扯。」

「嗯？沒報警過？」虞因聽著又是類似的家暴案，心情不由得更沉重了起來。

「有，但是隔壁好像跟什麼代表很熟，每次都壓下來，社工也都被趕走，之前報警沒多久，他就拿棍子來砸我們左鄰右舍的門和玻璃，放話說下次再有警察來，要殺多管閒事的人全家，所以大家都不敢再管那家的事。」頓了頓，王秋雪露出很困擾的表情：「我們很希望他快點搬走，畢竟要買房子不容易，我們也沒辦法說搬就搬……唉，總之我都叫小翼不要跟隔壁的小孩玩在一起，不然他繼父哪天神經病又發作，我很怕小孩會出事，但是小翼老是講不聽，經常下課就和小高到處亂跑，已經被我罵過很多次了；因為跟小高混太近，他那個繼父前兩天還侵門踏戶來警告我們不要管閒事，還砸壞我們家的花盆、門窗玻璃，唉……他們該不會在那棟大樓裡做了什麼壞事吧？」

「這倒……」

「才沒有咧！」葉翼打斷大人的話，很不滿地說：「那天小高說他爸爸心情不好，錢掉了，說是他偷的要打死他，他不敢回家，問我可不可以陪他去躲起來，中午下課之後我就跟他躲去大樓裡面，我們還有買午餐。」

「那時候你們有看到什麼嗎？」虞因連忙追問：「你們是躲在哪裡？有沒有發現什麼怪怪的地方？」

這時候，葉翼突然沉默了，而且神色變得有點不太自然，「沒、沒有……我們躲在樓梯間，沒有什麼怪怪……」

「小翼，不要說謊。」王秋雪當然也發現不對勁，沉下臉色說道：「媽媽說過小孩子不能說謊，你那天跟小高是不是做了什麼壞事？」

「才沒有，我們什麼都沒做！我沒有看到，是小高看到的，其他的我都不知道啦！」說完，葉翼馬上從椅子上跳下來，拉著母親的手，「我們回家了啦，我眞的沒有看到。」

追問了幾次，小男孩依舊死不開口，就算知道有什麼問題，但是虞因還是問不出來，其中王秋雪也罵了幾次，但是葉翼還是死咬著他什麼都不知道、沒看見，而且情緒越來越緊張，不斷地嚷著要回家。

王秋雪也沒辦法了，留了地址給虞因，說小高好像這兩天也沒去學校，前天她還聽到隔壁打罵得很凶，這兩天似乎沒啥動靜了，讓虞因如果真的有必要，直接自己去找人，但是可能要帶些人幫忙比較好，如果有辦法就請警察介入吧，但是千萬別讓隔壁知道與他們有關係，然後就帶著很著急的男孩先離開了。

看著地址，虞因和聿互看了一眼，然後嘆了口氣，先幫他躺下來和拉好棉被。

坐在床邊想了想，他拿起手機，打了簡訊給虞夏和東風，畢竟訊息是東風提供的，有必要也和他打個招呼。

「你再睡一下吧。」摸著聿的額頭，虞因哄著人，「我去幫你辦一下住院手續，你乖一點，我順便買優格和布丁回來。」

「一定喔。」的確感覺到疲累和睏意，聿還是強打起精神，「盯著你。」

「好，你快睡吧。」

然後聿才乖乖地閉上眼睛。

□

虞因接到電話是在辦好手續、正在醫院內的商店採購甜食時。

他看了一下顯示，是東風打來的。

電話一接通，對方根本也不打招呼，劈頭就說：「那個媽媽說前兩天打很凶，之後就沒動靜了嗎？」

愣了有兩秒，虞因才意識過來對方是在問剛才的簡訊內容，「呃，是啊，小孩這兩天也沒上學的樣子，我正想打電話給我二爸……」

「你馬上出來！快！我人在……」東風報了一個位置，就在案發大樓附近。

「怎麼了？」注意到對方的語氣很急切，虞因也不知道怎麼回事。

「去救人，快點！」

然後電話就被掛斷了。

一頭霧水的虞因根本不知道對方是怎麼回事，但是他認識東風這幾天來，沒聽過這麼著急的語氣，他說要救人就絕對有問題。

就在那瞬間，虞因突然知道了，小孩被打得很凶，再來沒動靜、也沒去上課，葉翼這兩天也沒看見對方。

每個家暴案都很可能會有一種結果。

但是他也不能把聿一個人孤伶伶地丟在醫院裡，這個時間不管是黎子泓或是嚴司肯定都不能抽身，虞因只想到一個很有可能可以再幫上他的人，他也只能賭一賭，賭看看對方的第六感是不是真的都那麼準。

「喂？一太，你人在哪裡！」

幾分鐘之後，來的不是一太而是阿方。

一臉莫名其妙的阿方也不知道為什麼會湊上這個熱鬧，他今天來附近幫小海買東西，沒想到會接到一太的電話，「剛好我在附近……」

虞因把手上的袋子塞給對方，「我弟在7001，先拜託你幫忙照顧一下了！萬一他醒了，跟他講我會帶布丁蛋糕回來！」說完，他也顧不得阿方還沒講完的話，直接就衝出去了。

也不管會不會被開單，虞因盡量將摩托車飆到最快。

狂燥的風不斷颳進他的安全帽裡，他聽見那種低低的哭泣聲，手腕給人緊緊抓著，不斷地哭泣。

連續闖了兩個紅燈之後，虞因在一家店前停下來，早就站在那邊等的東風接過安全帽，也不等招呼就逕自爬上後座。

不到十分鐘，他們就到了王秋雪給他的地址。

那是一排別墅式住宅，大概十連戶。

虞因一下車就先撥了電話給虞夏，讓他快點調人過來，一轉頭就赫然看到東風已經去按人家電鈴了，而且還狂按了好幾下。

幾秒之後，房子裡的大門被人重重甩開，伴隨著難以入耳的連串髒話，「找死嗎！幹恁娘咧按啥小！」

虞因聽見了鐵門裡傳來摔東西的聲音，連忙把還在按門鈴的東風拉開，鐵門打開後，他們看見的是個略微壯碩的中年男子，兩條手臂上都刺滿了青，一臉陰沉怒目的，看起來不是什麼善良的普通人。

「衝啥小！」男人看到他們，惡狠狠地罵著：「是死沒路去嗄！」

「我們要找徐志高。」並沒有懾於對方的凶狠氣息，東風冷淡地打量了一下屋主，「讀國小的，他昨天亂丟石頭打破我家玻璃，快點叫他出來道歉，你是他爸爸嗎？玻璃要怎麼賠償？」

「我賠你娘！」突然就拽住東風的衣領，男人怒罵著：「你系咧工啥小！幹你祖嬷咧，你是看到鬼喔！徐志高不可能打破啥小玻璃，快給我滾！」

看對方居然這麼不客氣，虞因連忙上前要幫忙，被扯住的東風抬起手制止他，「……我看到就是他打破的。」

「幹！恁北說沒可能就是沒可能！趁恁北心情還好，快給我死遠一點！」衝著東風狂吼，男人完全無視聽見騷動而探出頭的左鄰右舍，還重重地把東風給甩到旁邊，衝著鄰居吼了句：「幹！看啥看！再看就殺光你們全家！」

讓虞因幫忙扶起來，東風按著撞得很痛的骨頭，甩甩暈眩的腦袋後鎮定地看著暴躁的男人，「剛打完針嗎？」

一聽到東風的話，男人臉色突然整個丕變，原本已經要回屋子甩鐵門，在那瞬間整個人突然暴衝出來，手上拿著門邊的鐵棍，不由分說地就朝陌生的訪客打下去。

虞因連忙擋在前面，已經被虞夏訓練了一段時間，所以一些基本應對他也都很熟練了，以前這時候應該就會被打得頭破血流，不過現在他可以側身避開，然後抓住男人的手用力反折，讓他的鐵棍脫手，沒打在後方的東風身上。

「請加油堅持。」丟下這麼一句話，完全沒有共同禦敵打算的東風直接朝門戶大開的房子衝進去。

「堅……我咧靠！」看他如此沒義氣，虞因不免也罵了聲，然後一分散注意力就是被對方給毆了一拳在胸口，幸好力道沒有自己想像的大。

……也有可能是被虞夏揍習慣了，才覺得別人打起來沒那麼痛，他二爸可是真的拳拳都快打斷骨頭，練習還都是手下留情。

虞因突然覺得有點哀傷，難道他的皮真的變厚了嗎？

也沒給他太多的時間感傷，男人又衝上來，也不管有沒有武器，掄起拳頭就是要打。

注意到對方的精神異常亢奮和暴躁，虞因險險躲開後，巷子口的警笛聲就傳來了，可能是接到虞夏的通報，好幾個管區員警一下車就衝過來，幫忙制伏發出不明怒吼的壯碩男子，不過對方力氣大得異常，還打傷幾個員警。

可能也被男子給惹毛，最後幾個警察一起撲上去，把人牢牢壓在地上才制止。

「這邊發生什麼事了？」收到消息趕過來的其中一名員警站起來詢問旁邊的虞因，他的臉頰上還有圈瘀青。

「等等、先等一下。」想到可能會被告擅闖民宅，虞因有點緊張地往屋內看，剛好看到東風抱著一大團棉被很喘地跑出來。

「快叫救護車。」把手上那團東西放在地上，東風朝旁邊的員警喊道。

一看到那包棉被，被壓制的男人突然發出怒吼，然後掙動得更厲害，也不知道是哪來的蠻力，他粗暴地甩開幾個警察，接著撞開了想攔路的警方，居然就這樣往外逃逸。

幾名員警追了上去，另一邊也拿了無線電請求支援。

也不想去管到底有沒有抓到人，虞因緊急地蹲下來翻開那包染有血跡的棉被，厚重的被子掀開之後，他看到一張幾乎腫脹瘀青到不成人形的小臉，被包裹在已經泛黑的棉被當中的，是很瘦小的身體，手腳上全部都是瘀青和衣架、皮帶抽打出來的傷痕，手臂上更多的是小小圓圓的燙傷，小孩嘴角的血漬已經都泛黑了，左腳也朝不自然的方向扭曲。

一看到這個狀況，留在當場的員警立刻請求救護支援。

「還沒死。」測了一下呼吸和脈搏，東風看向虞因，「很虛弱……」

鬆了口氣，虞因連忙想要幫忙點什麼，但是小男孩身上的傷勢太過嚴重了，幾乎沒多少好肉，讓他也不知道應該從何幫起，倒是旁邊的東風很熟稔，向員警借來小刀之後就將棉被給割開撕成條，開始固定一些扭曲骨折的位置。

很快地，救護車到了。

在跟著上車的同時，虞因聽見了細小的哭聲，不經意地抬頭一看，隔壁那戶人家的門口猛地出現了一個男孩，蒼白著臉，望著他，那是才剛剛分開不久、很熟悉的臉。

那張臉沒有任何表情。

「葉……」

後車門在他面前關上。

然後小孩消失了。

虞佟瀏覽著電腦。

他在死者譚雅芸的租屋房間中，室友們幫他開了房間和交給鑰匙，經過房東和家屬的同意之後，他們針對這個房間做更多詳細的調查。

在死者家中並沒有找到什麼有用的線索，似乎沒有寫日記習慣的死者房間中整潔乾淨，只有不少短衣褲被收起來放在櫃中，以及一小筆註明是要存給父母的現金，大概近十萬左右；搜查過後沒有其他有用線索，他們便將重心放到租屋上，尤其是電腦，先前在電腦中雖然有找到類似遺書的內容；但現在有疑點，所以必須將電腦內所有內容再尋找過一次。

拜科技所賜，現在的人們在電腦中的祕密很可能遠比在現實中還要多。

早先來過的玖深和阿柳幫他破解了電腦密碼也備分完之後，就拿著死者手機和物品回去調查通聯與各種記錄了。

寂靜的房間裡只有風吹來、窗簾不斷拍動的聲音。

獲得了家屬首肯與授權之後，他便開啓了死者的私人信件通聯檔案與各種社交網頁，這才發現死者約半年前開始就已經沒有在使用社交網頁了；而在停止使用之前約每日都會更新分享一些相片，大多是打扮得像時下女孩子的流行模樣，也會化妝和穿著漂亮的裙子，與同伴在一起笑得非常開心。

但是近半年來，網頁更新少得可憐，也只有幾件是些學校必要公事，剛開始還有同學問她怎麼突然不更新了，死者也只是淡淡回答說突然覺得很麻煩、不想用了，時間久了人家也不覺得有什麼奇怪。

類似的線上聊天記錄也都是。

不過在打開電腦記錄後，虞佟發現她和一個應該不是學校學生的網友交談得很密切，當中不時會提到她覺得很噁心、很恐怖，該網友也勸過很多次讓她快點去報警；但是死者回覆說對方已經都知道她的各種資料，連社群網頁的同學都被他加了很多好友，還威脅說如果她敢告訴別人，就要把所有照片和事情都貼在網頁上讓所有人知道，還會對她家不利。

從時間點算起來，加上嚴司的報告，死者起碼在這半年已經承受了長時間的多次侵害。

一般性侵案發現後，大多狀況都對受害者很不友善，除了周遭親友甚至是陌生人會用異樣眼光看待以外，心靈上的創傷說不定永遠都好不了。虞佟幾次聽審，聽著法官要受害者不斷描述當時發生的狀況，無疑也是一次次的加深創傷。

社會對於這部分並沒有做好妥善協助，許多受害者都揹負著一輩子的傷害；而被逮捕的犯人很快就會回到社會中，因爲人權問題，甚至不會曝光他所做過的事情，只要換個地方生活，根本不會有人曉得；但是無辜的受害者只要一被揭露，各種閒言閒語就會不斷流傳，卻沒有所謂的人權來幫助或輔導她和周遭的人，替她們撫平傷痛。

也因爲這樣的環境，有很多受害者選擇隱忍，默默將遭遇吞進肚子中不敢說出來，只要一說出來，多半都是丟臉的事情，甚至會遭到加害者各式各樣的威脅。

「妳很有種，沒關係，出來之後我們走著瞧。」

這就是虞佟曾經聽過犯案者當場告訴受害者的話。

不得不說，身爲人父的虞佟雖然養育的是兒子，但是易地而處，若今天是他的女兒發生這種事情，他根本不會這麼冷靜，這時候他就同意虞夏的論點：打到他永遠不能作怪。

他翻了一下記錄，發現這個網友最早好像是在兩、三年前和死者認識的，似乎是在什麼論壇上認識，一開始討論的都是一些文章和流行方面的問題，奇怪的是，只有這個人的對話記錄被設定成隱藏檔案，開啓也需要密碼，全部記錄都是玖深他們破解電腦設定後才出現。

虞佟從通聯語氣與溝通模式判斷，對方很有可能是男性，不過死者似乎將他誤認成女性，一些比較私密的女性問題也都會告訴「他」。奇怪的是，對方也不避諱地回答，還提供了一些像是女性會想到的建議，這讓虞佟對於這個不知來路的網友性別感到有點迷糊。

最後一次對話、也就是死者墜樓前一天的內容，大致上是這樣的：

小芸說：

他今天又來了，我覺得好怕……室友都不在，但是就算室友在，他也不准我出聲……

BBQ說：

報警吧

小芸說：

我不敢啊，我好怕爸爸媽媽他們知道，親戚會怎麼講，那個噁心的人會怎麼講，上次、上次他還……我覺得男人好噁心，爲什麼他們都不會死掉……

BBQ說：

妳下定決心，我幫妳

小芸說：

可是他們手上有我的照片，我不知道該怎麼辦……你又不在這裡……我、我……

我好想殺死他們……

BBQ說：

殺吧，我幫妳做不在場證明

小芸說：

如果他們沒死，我不如不要在這個世界上……

我好髒、我覺得我好髒……

我會去做的，小B你幫我打氣好不好……我只能跟你說這些事情……

同學我一個都不敢講，我不知道說出去會怎樣，一定會被排擠的……我現在覺得去學校，大家好像都知道，每個人看我的眼神，我都好怕……

BBQ說：

不要放棄

殺死他們，我幫妳

小芸說：

說不定我會死掉，如果我死了，小B你可不可以幫我跟爸爸媽媽說請他們不要難過……可是我不想死……但是我覺得我自己好噁心……

謝謝你這半年一直陪我……

但是我眞的好害怕，我不想死……但是我不想再看到他們……

因爲你不知道我是誰，我才敢告訴你……

眞的很謝謝你……

再見了。

BBQ說：

不要放棄

我一定會幫妳

（小芸顯示離線）

虞佟翻了其他記錄，幾乎沒有說什麼，有些提及被侵害的事情，從這些資訊裡判斷死者和網友應該只有線上通聯，私下是完全不認識的，而且也沒有講到加害者是誰。當中也有講到現金的用途，是在約兩週前提領出來的，那時候死者正打下那些很像遺書的內容，也跟網友提到她有考慮要自殺，將存款領出來放在家中，如果眞有不幸，那筆錢想要給父母當作孝敬。

他想了下，打開了死者的線上帳號。

在登入之後，立刻跳出來好幾條離線訊息。

ＢＢＱ說：

我看到新聞了

我一定會幫妳，我知道妳是誰

我一直在幫妳計畫

笨蛋、白痴

死掉能做什麼事

剩下的

我一定幫妳

虞佟看了線上名單，那個暱稱ＢＢＱ的人顯示離線。

他一邊翻著其他記錄，一邊撥了電話給返回工作室的玖深，「你可不可以幫我追蹤看看那個……嗯，你們也看到了嗎，對，就是那個ＢＢＱ。」得到對方已經嘗試在追蹤的回應之後，虞佟才又交代了幾句後掛掉了通話。

看著對話記錄，他很介意，非常地介意。

死者用的侵害者是「他們」，而不是「他」，這就代表了侵害者至少有兩個人，這種年紀的女生，竟然被兩個人……

「不好意思。」

輕輕柔柔的女性聲音從身後傳來，虞佟猛然回過頭，看見一名很美麗的女性站在門口，深邃的輪廓表明了她是個混血兒。這是死者家左邊的鄰居，單身女性，第一天做基本詢問時就見過了，叫作唐雨瑤，約幾個月前搬到這邊。

「我看到大門沒關好，以爲有小偷。」露出優雅溫柔的笑，唐雨瑤搖搖手上的兩瓶飲料，「警察先生，執勤時可以接受一般民眾的飲料嗎？」

「這個……」虞佟還沒說完，對方就已經自行走進來，將水蜜桃茶放到他手上。

「辛苦囉，雖然很想叫你警察弟弟，但前一天聽說你們年紀不小，保養得可真好。」在旁邊坐下來，唐雨瑤微笑著說：「現在的警察都這麼認眞嗎？我還以爲都已經自殺結案了呢？」

「抱歉，無可奉告。」關掉了電腦螢幕，嗅到一絲消毒水味道的虞佟回以笑容，然後搖搖飲料罐，「謝謝您的飲料，但是麻煩請離開，請不要干擾辦案。」

唐雨瑤聳聳肩，「好吧，當人民的保母眞的很辛苦呢。」把桌上的飲料拉環打開，她點了下罐子，「但是電腦看太久也不好喔，記得適時休息一下。」

「謝謝關心。」

確認女性出去後，虞佟才繼續看著電腦。

也不知道爲什麼，他老聽到窗簾不斷拍動的聲音。

因爲不想分心，虞佟乾脆站起身，走過去想把窗戶關上，但是走過去之後他才發現，窗戶從頭到尾都是緊閉著，只有剛剛飛掀起來的窗簾慢慢地落下。

看著緊閉的窗，他不自覺地慢慢摸著窗緣，這是很普通的大樓窗戶，外面有著小花台，上面甚至擺滿了許多可愛的小花小草盆栽，光這樣看去就有十幾種，完全可以想像得出死者曾多麼細心在照顧這些小物品。

「……盆栽？」虞佟愣了一下，看著那些擺放整齊的綠色小盆栽。

猛然驚覺到他們是不是弄錯了什麼事情，正想打電話給玖深確認時，一抬頭，虞佟就看見玻璃上的倒影，在他身後的門扉被打開了一條縫，有人影從那裡窺視著他。

「誰！」

在那瞬間，門被重重地摔上了，虞佟趕過去時人已經不見了，空曠的走廊與樓梯間什麼人也沒有。

然後，他又聽見了窗簾飛動的聲音了。

□

「老大。」

在虞夏趕回警局想要拿點東西時，上午被吩咐出去的小組隊員跑過來，「你要的賣場監視器調到了，和你講的一樣，死者那天曾在賣場徘徊很久，結帳大概是半個小時之後的事，櫃台有拍到她結帳跟離開的時間畫面。」

「好，我知道了。」虞夏點了頭，正想打電話時就看見同僚露出遲疑的神色，「還有啥事？」

「這個案子不是要自殺結案嗎？」小伍抓抓頭，覺得有點莫名其妙，「而且也不是我們的範圍，老大你爲什麼突然要查這些啊？」他們小隊手上還有許多比這個更緊急的案子，但是虞夏這兩天跑進跑出，一直在查這件沒什麼問題的自殺案，讓他們覺得很莫名其妙，外面的盯梢組也都還在等他們家老大分派呢。

而且，聽說因爲又和自殺案的家屬有額外牽連，虞夏回來前某個立委才跑來找他們主任拍桌，說他家老大太白目得罪他朋友什麼的，警察要保護百姓讓百姓可以安心做生意什麼的，他們在辦公室外面都可以聽見立委狂吼咆哮，搞了很久主任才把人送走，臉色變得很不好看。

根據以往經驗，來局裡告虞夏狀的人不在少數，很多最後都被上司們壓下來，這次可能也這樣吧。

但是剛剛實在是罵得有夠凶的，連別組的都跑來問他家老大最近是不是又捅了什麼婁子，同情地叫他們小隊要保重一點不要也被牽連。

「你管那麼多幹嘛，你們去處理手上的事情就好，有啥事都和你們沒關係。」邊聽立委拍桌的抱怨邊接過對方遞來的光碟，虞夏冷哼了聲：「眞是找死。」

「眞的沒問題嗎？」小伍有點擔心地問：「如果又拿你開記者會怎麼辦？」明明他家老大就是沒做錯，但是一直被這樣開來開去，本來功績很高的卻怎樣都升不上去，還一直被記各種警告壓低他的功勞，他們眞的感到很不平。

「放心，頂多就是不幹了，不幹了我就可以放手去蓋他布袋。」虞夏轉了轉手上的光碟片，突然覺得這樣好像也不錯，「蓋下去會變成怎樣就沒人可以保證了，我也不會讓你們難做，一定會用讓你們完全找不到的方式蓋，放心好了。」

這下小伍眞的是完全祈禱對方不要那麼白目去開記者會了，因爲虞夏是眞的說到做到的人，而且不知道是不是他的錯覺，他家老大最近跟某法醫他們混久了，居然也會考慮手法問題，以前不是會說直接揍到他唉爸叫母嗎！

「好了快去做自己的事情！」把人趕走之後，虞夏拿了東西正要轉出去時，就看見差不多時間回來的兄弟走了進來。

「大樓監視畫面。」虞佟把手上拿回來的一袋光碟遞出去。

「你怎麼了？」注意到對方臉色好像不太好，虞夏皺起眉。

「沒事，大概看電腦看太久，有點暈眩。」甩甩頭，虞佟按了按太陽穴，接著想起另一件事，「糟糕，我把飲料留在現場。」他居然會犯這種錯誤。

「飲料？」

「嗯，隔壁鄰居拿來的，喝了一口，大概是想電腦裡的內容想太出神了，離開時忘記帶走，等等我會寫個報告給你。」有點抱歉地說著，虞佟看了下時間，「你要去哪裡？」

「去看看譚家跟那個羅老闆的筆錄做得怎樣了，再繞去死者她家附近轉一圈。」等事情都做完，虞夏打算趁晚上空檔再繞去另一件他正在追蹤的案子現場。「今天晚上大概會很晚才回去。」

「我知道了，對了，死者窗外陽台……」

正想說點什麼時，他們的手機不約而同地響了起來，打開之後虞夏發現是剛剛離開的小伍打來的，虞佟則發現是醫院打來。

狐疑地對看了一眼，他們雙雙接起了各自的手機。

「你好——」

□

手術室的紅燈亮得很刺眼。

虞因看著坐在旁邊一臉鎮定的東風，對比起來他真的很著急，那個小孩在救護車上時有一度沒了呼吸，幾乎就快死了。

他覺得很無力，今天不知道已經第幾次有這種感覺了，察覺時才注意到外面漆黑一片，都已經到了半夜的時間。

聿應該……沒事吧？

虞因才想起來要給阿方打個電話，走到醫院外時，這才發現阿方給他打了好幾通電話，因爲救人時匆忙，自己根本沒發現。

望著醫院外的黑色天空，他撥了手機，很快地，阿方也接通了。

「你弟還在等你的蛋糕耶。」阿方開口就是先來這一句。

無奈地苦笑了下，虞因只好請阿方把手機給聿，然後解釋了一下剛才發生的事情，通話那端一直沒有聲音，總之講完之後，手機又回到阿方手上。「不好意思，今天麻煩你了，我等等會趕回去。」

「沒關係，你朋友也在這邊，等等我會和他交換去休息。」

「誰……？」虞因還眞不知道有哪個朋友會跑去，他除了一太之外沒有聯絡其他人。

手機那端傳來一片雜音，接著換成女孩的聲音：「阿聿的哥哥，你要辦什麼事情可以慢慢辦喔，這邊就交給我了，我有帶要給阿聿的探病點心，十六種口味的小蛋糕呢，爽約的人要去吃大便喔。」

「……未成年的快給我滾回家。」不知道方苡薰爲什麼會冒出來，虞因嘖了聲。

「放心啦，我表哥也在喔。」方苡薰笑嘻嘻地說著：「是一太哥打電話給我表哥的，你就安心地去吧，慢去慢回啊。」

「……」虞因突然覺得生活圈的朋友們彼此認識之後組成的通聯網眞是出乎他意料之外地強大，強大到不算熟的人也可以叫過去這樣對嗎？

算了，既然滕祈在，那他也可以稍微放心一點，等到大爸或二爸手上的工作完成，應該馬上可以去換班照顧吧。

「這樣沒關係吧？」手機又回到阿方手上，「還是我留一晚？反正我也沒事。」

「沒關係，那兩個都是可以相信的朋友，改天我請你吃飯。」

「不用客氣，雖然不知道你在幹什麼，小心一點。」基於朋友立場，阿方還是不免多交代幾句。

「好。」

掛掉通話之後，虞因長出了口氣，他今天一次就搭了兩趟救護車，可惜不是送到同一間醫院，這次聿八成會很記仇，得想想這次要用什麼賠罪了。

黑夜中，他聽見細細的哭聲。

然後，冰冷的手從後摸上他的頸子，慢慢地向前撫過臉。

我不想死、我不想死。

我會去做的……

我不想死。

他抬起手，紅色的血從掌心慢慢擴散開來。

虛脫般的疲累感突然湧上，哭聲在瞬間放得很大，大得他整個頭都跟著劇痛起來，那種痛蔓延開，連身體各處也跟著不斷發疼。

有種冰涼的感覺就貼在他的身後。

他無法動彈，只能看著手上的鮮血不斷流出，眼前黑暗成一片。在那片黑暗中，他看見了黑色的髮絲，濕漉漉地糾纏在一起，一團一團地從上面慢慢地降下來，接著是潰爛的白色額頭，染紅鮮血的肉一點一滴地落下來，倒著的面孔逐漸出現在他面前，紅色的眼睛對上他的視線。

那瞬間，他的世界顛倒過來。

然後，四周就一片黑暗，再也看不見什麼了。

他知道有人在哭，不斷地哭，怨恨和遺憾始終無法消除。

不想死……

迷迷糊糊中，有點冰涼的手摸上虞因的臉頰。

他很累，很疲乏，但是對方就是捧著他的臉，讓他睜開眼睛。

先前的女孩就蹲在他面前，漂亮的手指輕輕地將他放下來，開口無聲，然後指向黑暗中某個方向。

哭聲已經消失了。

取而代之的是一種急促感，他要快點去別的地方。

不然，會來不及。

但是他太累了，他很想跟著對方的指引走，卻無法移動自己的身體，只能看著女孩露出一種悲哀的表情，朝他搖頭。

你無法每個人都救的。

那是種，無可奈何的嘆息聲。

他猛地就看見女孩身邊牽著兩個面色蒼白的孩子，黑暗逐漸吞噬他們的身影。

不行，不能讓她帶走。

他努力地伸出手，在失去意識之前只來得及抓住一片冰涼。

□

虞因醒來時，看到一張乾屍般的臉。

說真的，一清醒看到這種骷髏臉實在不會太愉快，但是當他轉過去看到虞夏凶狠的臉之後，突然覺得轉過去看骷髏臉好多了。

「阿因。」低沉著聲，一整個晚上都沒睡覺的虞夏冷冷地開口：「給我轉回來。」

硬著頭皮回過頭，虞因戰戰兢兢地看著他家二爸，「呃……我怎麼了？」

「暈倒，疑似急性出血，原因還在查。」坐在病床邊的東風指著他手上的繃帶，「醫院警衛發現的，你倒在醫院門口，全身都是血。」

「……大爸呢？」決定先不要去面對血的問題，虞因很誠懇地發問。

「在小聿那邊，你們兩個到底在搞什麼！小聿怎麼也車禍！你又帶他去做什麼事情！不是叫你們兩個不要亂跑嗎！」到最後根本是吼出來，虞夏只差沒出手去掐虞因脖子了。

「這個等等解釋啦。」看著恐怖的閻王臉，虞因咳了聲，連忙轉過去問東風：「徐志高呢？」他昏倒前記得很清楚，他很害怕那個小男孩救不回來。

「穩定下來了，但是內出血很嚴重，這幾天是危險期。」東風淡然地說著，像是在背書的語調：「腦出血很致命。」

「該死……」不管他有沒有看到什麼，虞因現在只求那個小孩可以活下來。

「你知道徐志高他老子有嗑藥嗎？」看著虞因自責的表情，虞夏皺起眉，「我們查了案底，他因為吸毒被抓了好幾次。」

「嗯？不知道。」虞因愣了一下，看向東風，「你知道？」他記得對方好像有問了句「剛打」，那個男的就暴起了。

東風點點頭，「不是黑道，他的手臂都是刺青，情緒不穩定，而且身上有個怪味。」

「啊……」虞因突然知道了。

「刺青可以遮掩針孔。」虞夏環起手，「很多吸毒犯都這樣做。」

的確有聽過虞佟、虞夏說過這些事情，虞因瞭然地點頭，那時候還眞沒注意到，「徐志高和葉翼好像有看見什麼。」他將葉翼當時說過的話轉述給繃著張臉的虞夏，一邊的東風也跟著聽。

「徐志高現在昏迷，還沒脫離危險期，得盡快讓葉翼開口了。」思考著當時目擊的可能性，虞夏拿起手機，撥回局裡。

趁著這個空檔，虞因好奇地問著旁邊的東風，「你怎麼會要找他們兩個？」

「案發時，匆匆忙忙地向外跑，我問了大樓警衛，不是住戶。」東風這樣回答：「神色太緊張了，不正常，或許你們向家屬取得鞋子，去樓梯間和走廊、電梯比對鞋紋，說不定可以找到些什麼，大樓監視器的話，應該也有照到。」

正在聽取報告的虞夏挑起眉，將東風的話傳回去，讓小隊的人帶上玖深再跑一趟大樓。

大約五分鐘之後，虞夏才掛斷手機，轉向兩個小的，「大樓監視器我們已經拿到了，小伍他們正在看，剛剛就是在說這個，案發那幾天並沒有任何問題，先不說墜樓，我們高度懷疑譚家樓下的老闆涉及性侵的部分，已經取得警衛證實那個羅老闆多次出入大樓，都是指名要找譚雅芸。」

「時間呢？」東風詢問著。

「這兩、三個月開始，局裡的人正在過濾有效畫面，目前知道這一週都沒什麼異常之處，羅老闆也沒去找她。」虞夏一想到那個人就一股火。他要來醫院時，大隊長跟主任還特地打電話叫他今天不要進警局，因爲對方帶了立委來鬧，讓他先避開，上層的先幫他壓掉。

他其實接到電話後更想回警局，眞想把羅強與立委一起揍成豬頭。

「性侵的加害者有兩個以上。」東風想了下，突然就說著：「羅老闆手上有什麼把柄威脅了死者，所以他是第二個。」

並沒有告訴對方昨天的口供、也沒告訴他虞佟的收穫，虞夏挑起眉。

「時間點，她是從半年前開始，但是羅老闆是這兩、三個月才出現，所以性侵成立的話，就有兩個以上。」也很懶得解釋太多，東風挑了比較簡單的講：「但是死者死的時候，他正在店裡吧，所以他不是凶手。」

「那你認爲凶手是誰？」

東風看了虞夏幾秒，充滿刀疤的手指在床單上抓了抓，「……同大樓的人。」

「你……」正想進一步追問時，虞夏的手機突然響了，看了眼東風，他站起身拿著手機走到外面，語氣開始轉爲嚴肅。

看著若有所思的東風，虞因想了下，問道：「你知道是誰殺的嗎？」

「我得去現場確認看看。」遲疑了半晌，東風慢慢說著：「但是我不想幫忙。」

「什麼意思？」虞因從床上爬起來，身上的疲累感早就已經消退，跟前兩天一樣已經沒啥問題。

「這個世界，即使知道凶手了，有什麼用？」東風偏著頭，語氣很冷淡：「性侵犯再度犯案的機率很高，殺死人的犯人也不一定會死，誠心悔過的人並不是多數，就算制裁了，也不會有給受害者的正義，往往家屬還要與加害者糾纏很多年，一次次在法庭上讓法官那些外人再度說著死亡；幾年、甚至十幾年下來，加害者依舊活著，家屬只能承受一刀再一刀。如果一開始只讓家屬認爲她是自殺的，家屬只會爲了她的想不開而難過，幾年之後就會慢慢地平復心情和想念；揭開眞相了，背後這麼不堪，傷害會擴大，你們要家屬揹負更巨大的傷痛，這樣不是很奇怪嗎？」

「我覺得眞相不能被掩蓋，而且我們都知道她不是自殺的。」虞因終於知道爲什麼黎子泓會說他很負面了，他覺得對方說的一點都不對，思考方式太過消極了，「她不想死啊。」

「很多死掉的人都不想死，我追過、我蒐集過證據，我想幫忙，但是就算我知道凶手是誰，他現在依舊逍遙法外，我已經不想再……」東風猛然停止，然後站起身，看著自己的手，「總之，葉翼和徐志高應該是關鍵證人，死者買的物品在哪裡找到，那個人就是凶手。

警衛只注意到羅老闆，其他人確定死者沒男朋友、死者上下學和生活方面也沒有異常，也不定時回家吃飯，那就代表另一個性侵犯距離她非常地近，近到就在她身邊，可以隨時加以侵犯和監視，所以死者才不敢向別人求救。」說完該說的，他轉頭就往外走。

「欸！」叫住人，但是虞因也沒辦法強迫對方一定要配合，只能開口：「多吃點飯吧，不然你來我家吃也可以，我有認識的朋友在東海那一帶有開店，我請他幫你做吃的送過去吧。」

「……謝謝。」

7

虞夏進來時發現另一個人不見了。

環顧了下房間，他多少也猜得到對方大概又跑了，不過本來應該躺在病床上的虞因居然已經站起來在整理衣物了，一副好像要出院的樣子。

「我想去找葉翼，二爸你要不要一起去？」對昨天看到的畫面實在很介意，虞因穿起外套，遮掉身上的血跡。「他媽媽認得我，應該可以請他們跟警方配合……」

「阿因。」打斷了虞因的話，虞夏的臉色很凝重，「你先坐下來，冷靜地聽我說。」

「怎麼了？」也不知道接完電話回來的虞夏臉色爲什麼那麼難看，虞因乖乖地先坐回病床上。

「昨天晚上，我們接到小聿的簡訊之後，已經先和葉家聯繫過了，但是負責的同仁說，葉翼還是堅持什麼都沒有看到，情緒有點激動，家屬請我們先讓小孩休息一天，可能車禍多少有點受到打擊，讓他好好睡一晚，今天下課之後再說。」頓了頓，虞夏看著自家兒子，有一段時間很難開口，但他還是必須告訴對方：「所以，我們約好今天放學之後……」

「二爸，講重點。」虞因抬起手，制止對方的繞話。

「剛剛我的隊員打電話來報告，今天上午葉翼在離開家裡、如往常般獨自出門上學後，就沒有再出現了。校方聯絡葉翼母親才發現到不對勁，緊急報警協尋，就在剛才，轄區派出所通報……葉翼的屍體在排水溝裡找到。」虞夏按著虞因的肩膀，他感覺指尖下的身體在顫抖，「在學校反方向、距離十公里外的農地邊排水溝。」

虞因只感覺到眼前一片黑暗。

昨天他就應該有所警覺，他明明在門口看到葉翼。

「我……」

「阿因，冷靜點。」虞夏用力按著人，「聽我說……」

「我可以去現場嗎？」虞因看著對方，整個人都發冷，「拜託你。」然後他緊緊抓住虞夏的手，就再也說不出其他的話了。

他明明，應該有所警覺的。

你無法每個人都救的。

他明明昨天晚上就應該有所警覺的。

那個女孩想提醒他、在催促他，他應該要發覺不對勁。

小聿才剛剛把人救下來，他們都應該有所警覺，有人想要殺葉翼，所以那時候葉翼才會說自己是被推出去的。

他應該，昨晚就去的。

有那麼多預兆了，他爲什麼就是沒有留意？

爲什麼？

他到底抓住了什麼？

□

虞因的腦袋亂成一片。

虞夏把車停在附近的空地之後，讓他一起下車。

排水溝周圍已經拉起封鎖線，在等待法醫和檢察官的同時，先到來的員警在四周拉開白布，遮住了早先被發現者撈起來放置在旁的屍體。

跪在一旁的母親痛哭失聲，趕來的父親抱著已經癱軟的婦人，不敢多看屍體一眼。

他站在白布外，聽著那些痛徹心扉的哭聲。

在員警們睜隻眼閉隻眼的默許下，虞因慢慢伸出手，掀開了白布。

這是一處長滿雜草的骯髒排水溝，旁邊是私人田地，水溝裡還長滿了粉色的福壽螺蛋，周邊還漂浮了一些小垃圾，在那條水溝旁有具小小軀體，就這樣安安靜靜的再也不會動了。

他看見一隻鞋子掉落在一邊，書包被扔在一旁的田裡，裡面的書籍四處散落。

他看見小男孩昨天擦傷被包紮的繃帶已經脫落，傷口被水泡得腫脹，那張臉卻好像還活著一樣，除了蒼白了些並沒有任何不同。

他看見小男孩站在旁邊的岸上，不解地看著自己的屍體。

他突然很想吐。

虞因再也忍不住，轉頭衝出白布遮蔽的區域，然後一抬頭，就看見被丈夫扶著的王秋雪站在他面前。

「怎麼會這樣、怎麼會這樣……」王秋雪哭倒在虞因身上，「媽媽沒有保護好你……明明已經沒事了啊……怎麼會這樣……都是我的錯……你們都救了他……都是我……」

不對，是我的錯。

虞因開口，這句話哽著說不出口，他跟著婦人一起跪倒在地，「對不起、對不起……」都是他的錯，「對不起……」

「怎麼會這樣……」王秋雪哭叫著：「都是我——」

流著眼淚的丈夫伸出雙手，環住了妻子和虞因。

他們就這樣一直哭著。

後來，檢察官和鑑識員警到了現場。

周圍的路人們議論紛紛。

被帶去警車後座的虞因閉著痠澀的眼睛，躺在椅子上。

過了有段時間，警車的車門被打開，有人坐到他旁邊，「好一點了嗎？」虞夏的聲音，帶著擔心。

「嗯。」虞因不想睜開眼睛，就只應了聲。

「局裡的人已經監看完賣場監視器，和東風說的一致，死者當天的確在賣場買了那些東西，但是在她家並沒有找到這些物品。」虞夏看著車外正在進行的調查工作，不少媒體已經搶在第一時間聚集過來，播報著聳動的學童溺斃案。「但是，大樓的電梯監視器顯示，在她搭電梯進到家門口的這段時間，她的確還提著那些物品。」

「東西呢？」

「我們已經申請搜索票了，恐怕這半年來長期性侵譚雅芸的，就是她的鄰居。」那對年輕的夫婦。虞夏慢慢地說著：「我哥發現譚雅芸花台上的植物全都放置得很整齊，沒有任何移動的痕跡。事發之後除了警方人員，就連家屬都還沒進去過，所以如果那天她是從自己的陽台跳下去，不可能沒有碰撞到上面的東西。」最起碼也會撥開一條讓她踩上跳下去的路。

虞因睜開眼睛，看著身邊年輕的臉龐，「她不是在自己家裡墜樓的。」

「嗯，她恐怕，是在其他地方墜樓。」虞夏將虞佟發現的對話記錄簡單地陳述了下，「綜合我哥發現的一些談話記錄，那天她很有可能是想要去刺殺長期性侵她的對象。」

「隔壁家的妻子說中午出去……」

虞夏拍拍虞因的肩膀，「放心，我們會抓到的。」說完，他便向外面在喊他的員警打了個招呼，就離開車內了。

他看著離開車子的虞夏邊走邊擋開衝上來的記者。

然後，低下頭，張開掌心，紅色的血液又開始滲出，染濕了層層包裹的繃帶，就像墜樓的人般，所有的生命之色在瞬間被擠壓出體外。

沒有人想死。

誰都不想死。

抬起頭，他看見了那個女孩，臉上帶著淡淡的悲哀。

她的手邊牽著兩個孩子，一個躺在醫院裡，一個躺在水溝邊，他們就這樣站在車外現場的反方向，不被任何人注意到的那一端。

無意識地，虞因打開了車門，越過了鼎沸的人聲，走進了屬於他們那邊的寂靜空間。

如果往這邊靠，他知道會像之前一樣把自己推進更危險、不是他應該去的地方，這次他很可能就眞的抽不回身了。

但是，他想要救，那是明明可以伸手做到的事情。

即使要付出點什麼，也沒關係了，現在他只要握住他們的手就夠了。

沒有人想死。

□

「阿因還好吧？」

看著虞夏走出來，原本今天要來帶葉翼的小伍低聲問道。

「總是可以走出來的。」虞夏淡淡地說著：「很多事情都不是想像中的容易，如果要常常跟那玩意打交道……」就必須像他們一樣，遲早看開這些事。

小伍有點擔心地又往車子那邊看了眼，才轉頭回來報告：「我們問過這附近的人，也調了附近的監視畫面，發現把葉翼帶來的應該是徐志高的繼父，路口監視器很明顯拍到他拉著小孩往這邊走。」昨天轄區員警讓那傢伙逃走了，沒想到他竟然眞的轉頭報復鄰居。

因爲和葉翼的父母昨天才打過招呼，也從虞因那邊知道相關訊息，所以虞夏等人當然也曉得徐志高繼父的事以及那些威脅。

只是他們都沒想到，那個垃圾竟然眞的付諸實行了，而且還是對一個小孩子下手。

「馬上去把人抓回來，他應該還沒跑遠。」虞夏握緊拳頭，就因爲這種一步之差發生了遺憾，他們現在能做的，就只剩下抓到凶手給受害家屬交代。

「是！」小伍跑開去執行了。

嘆了口氣，正打算走去向檢察官報告時，虞夏突然聽見停屍處的水溝邊傳來一陣很大的騷動聲響，外圍的媒體一聽見就整個想衝進封鎖線，被外頭的員警給攔了下來。

快步走過去時，他正好看見今天來現場的檢察官整個站起來，表情充滿驚嚇……大概是跟黎子泓合作久了，習慣對方沒什麼表情變化，所以看到眼前檢察官嚇到的誇張表情，反而讓虞夏感到很微妙。

有點年紀的檢察官往後退開了好幾步，但不只他，剛剛在一旁的員警們也都露出奇異的表情，差點就把白布給撞掉。

擠開擋路的人，虞夏馬上明白他們到底在嚇什麼了。

躺在地上、被揭開一半白布的小男孩，鼻孔與嘴巴流出許多黑水，渾濁的液體以及幾顆福壽螺的蛋，看起來畫面非常詭譎。

但是讓虞夏驚愕的並不是這種狀況，而是他下意識把視線往下移時，竟然看見男孩的手指動了下，「……叫救護車！」

「什麼？」周邊的員警們一時反應不過來。

「快點叫救護車！」重複了一次自己剛剛說的話，虞夏整個人趴到地上，確定男孩的手眞的稍微動了下後，就扳開他的嘴先清理了裡面的黑水和異物，接著快速做起了心肺復甦術。他也不明白爲什麼小孩會在死亡之後突然又動了起來，不過現場本來就有很多無法解釋的事情，只能希望不要只是一秒即止的希望。

看到他的動作，一旁的員警們才意識過來是什麼狀況，立時就有人請求救護車支援，幾個人也紛紛開始幫忙。

幸好周圍都用白布遮蔽了，不然外面媒體看到他們動作，肯定又會一陣譁然。

就在虞夏做了幾輪急救後，男孩突然整個嗆咳了出來，難聞的黑水從喉嚨溢出嘴外，隨著動作竟然眞的開始恢復呼吸了。

葉翼的父母在通報下衝了進來，不敢相信地看著正被員警輪流急救的男孩。

他們不明白爲什麼，但是男孩眞的開始咳氣了。

接著，救護車衝進了封鎖區中，救護人員衝下來接手了男孩，一群人擁著蒼白的小孩上了救護車；戲劇性的轉折讓大批媒體也跟著衝上各自的車子，像條尾巴一樣追著救護車直奔醫院了。

「這是什麼神奇的狀況啊。」和其他人一樣訝異到莫名其妙的小伍抓著臉，一邊的檢察官到現在也很訝然，大概也沒如此臨場地看過死者復活。

「大概原本就只是假死，不意外。」虞夏抹著手上的黑水，雖然這樣說著，但他和其他人一樣完全驚訝不解。溺水假死並不是罕見狀況，但是葉翼被發現時，泡在水裡已經有一點時間了，撈上岸之後無心跳、呼吸、脈搏，也被附近路過看熱鬧的醫生判定已死，到他發現爲止都沒有人對男孩做過什麼急救，照理來說應該是眞的救不了。

就算得救了，按照這種腦袋缺氧的時間，恐怕也……

在場的人還是搞不懂。

「總之小孩可以得救是最好，你們先勘查現場吧。」虞夏拍拍手，讓所有人都回過神，「徐志高的繼父必須快點抓到。」說完，他便先和檢察官大致上交換了一下資訊，之後還有其他事情的檢察官便先一步離開現場。

大概是看沒戲了，圍觀的人群很快就散得七七八八，到虞夏忙到個段落，已經沒幾個民眾了，連媒體都沒剩幾家。

交代好現場後，虞夏才走回警車，想先把虞因抓回醫院裡，但才一轉頭，他就看見應該待在車子裡的傢伙竟然站在外面，而且還有段距離，大概是在剛剛圍觀人群外圈的對向。覺得有點奇怪，他稍微小跑了一下，走到虞因旁邊，「走了，我先載你過去小聿那邊。」

「葉翼應該不會有事吧？」

「誰知道。」虞夏回頭看了看正在收起白布的現場，「沒被收走的話大概就沒事吧，你不要想太多。」說著，他往虞因的肩上拍了拍。

「走了。」

□

看著眼前的門，黎子泓嘆了口氣。

「都來了還嘆氣。」站在旁邊的嚴司抓抓頭，一巴掌就往門鈴壓下去。

過了約五分鐘，他們才聽到門後傳來開鎖的聲音。

接著，大門被拉開一條縫，縫後面露出了半張臉，在看到嚴司的瞬間就把門往回甩。

「學弟，何必如此不親切。」快了一步擋住大門，嚴司笑笑地抬起手讓對方看見手上大包的東西，「虧我前室友還特地帶大餐要來照顧你，還包含你楊學長的愛心耶。」

「楊德丞不是我學長，我也不是你學弟。」在裡面用力推門的東風咬牙切齒地罵道。

根本沒感覺到什麼力道的嚴司愉快地把門又推開一點，剛好看見門後的乾屍徒勞無功地浪費米粒大的力氣，他聳聳肩，無視一旁黎子泓責難的目光，「嘖，反應別那麼大，氣死了還不是我要麻煩，我沒有要進去你的地盤啦，要找你的是我前室友總可以了吧。」

「離我家遠一點。」慢慢地打開大門，一邊盤算著又要搬家的東風全身戒備地瞪著嚴司，然後讓開位置讓黎子泓進門。

「阿司你……」

「我在門口等就好了。」嚴司把袋子塞在友人的手上，順手就把人推進去了。

「不准踩進來！」又警告了一次，看對方眞的就站在門口，東風抹抹手上的灰粉，臭著臉去拿了礦泉水往外面的人身上丟，然後也不管有沒有關門就跟著進去了。

「是、是。」倒也無所謂，嚴司就拎著水瓶直接站在門口了。

踏進屋內之後，黎子泓看見的是跟前幾天一樣的灰粉地板，破碎的石膏和陶土、黏土散落得到處都是，有的根本已經乾了，有的一小團一小團還沾在牆壁上；幾張圖紙散在一邊，全都是人的素描圖，「你在模擬什麼人？」

「外星人、終結者……」

「他在畫八頭恐龍啦。」嚴司的聲音從外面飄進來。

翻開那幾張圖，黎子泓可不覺得看起來像是外星人或是恐龍，有幾張是小孩的模樣，畫像非常清楚，就是他們找的葉翼與徐志高兩人，另外幾張就是不同的成人輪廓，但是並沒有那麼清晰，還是一片模糊，「今天的新聞你看了嗎？」

「徐志高被繼父打成重傷就醫中，是我們去救的；葉翼被發現陳屍在水溝……也不是陳屍，新聞說還活著。」打開印有餐廳logo的大紙袋，東風從裡面拿出新鮮果汁，接著走進廚房找杯子，「吸毒、暴力、精神恍惚，藏匿屍體，被發現之後惱羞成怒須要發洩，殺死人之後，極欲躲藏與毒品來安心，如果附近抓不到人，可能會發生搶案，有暴力傾向可能會有人因此受傷……也有可能繼續進行報復。」

「警方已經追查到他的行蹤，很快就可以將人逮捕。」黎子泓在插滿雕刻刀的木桌邊坐下來，順勢看了旁邊正在運作的電腦，上面全都是新聞網頁，部分是關於跳樓死者的報導，「初步鎖定其中一個確定應該是原住家樓下的老闆。」

「會否認的，一定會否認。」端出果汁和杯子，東風在旁邊的地板坐下，順手拔掉插在旁邊的小刀，「沒有決定性的證據，可能是證人的小孩都無法做證。」

「如果是在租屋性侵，不管怎麼收拾應該都可以找到遺留的痕跡吧。」靠在門邊的嚴司看著房裡，說道：「警衛也都說羅老闆常常去找死者，最起碼可以檢驗出有性行為跡象。」

「性行爲不代表性侵，他們可以說是雙方同意。」黎子泓提醒了自己的友人，「死者已經死了，如果羅老闆一口咬定她沒拒絕，就沒證據了。」

「麻煩的不是他。」彎著身體，東風摳著地板上的黏土，「另一個謹慎，太謹慎。」

「死者通聯記錄沒異常。」將虞佟在電腦找到的訊息稍微口述了一下，黎子泓看著對方陷入沉默思考。

過了半晌，東風才再度開口：「另一個，年輕人，會電腦、社群網站，使用電腦的頻率高，可能有兩支以上的手機。」

「另一個我們懷疑就是鄰居，那對年輕夫婦中的先生。」頓了頓，下意識看了門口，黎子泓詢問著：「你的依據是什麼？」

「死者社群網絡被對方入侵，先前沒有異狀，對方不是老人，是可以輕易靠近、慢慢混熟、類似朋友的年紀；長時間使用電腦才可以監看死者的網路活動，網上活動範圍較年輕；死者沒有異常通聯記錄，可能被強制使用了對方提供的手機。地區性要相當近才可以做到這些。」轉過頭，東風看向正在等待的學長：「死者搭電梯到墜樓的時差？家裡沒有購買物，可能已經被處理掉了，謹慎的人不會留下來。」

「監視畫面顯示，她搭上大樓電梯約十五分鐘後就墜樓了。」

「那沒有回家，直接去了其他地方。」

「畫面顯示她最後按的樓層是她所居住的樓層。」

「那就是……」停了幾秒，東風緩慢地開口：「在隔壁墜樓。」

空氣在瞬間凝滯不動。

其實也猜到這個可能性，黎子泓只是想來詢問看看更確定的答案，然後他嘆了口氣，「果然嗎……希望今天的搜索可以找到些有利的證據。」

「開票了？」

「嗯，因爲有點事耽擱，虞佟和虞夏預計下午要各自前往羅家和隔壁進行搜索。」

「你認爲起訴會有多少刑責？」盯著地板上的杯子，東風看見了果汁裡的倒影：「性侵、過失殺人都不重，這是有證據且承認的狀況下。之後官司要打好幾年，最後結果可能只有關押一、兩年，或根本繳納罰金了事。這麼大費周章去挖出一個沒人知道的眞相，結果卻只有這樣子，死的人已經沒有了，他們依舊在，這樣有什麼改變？」

「即使是這樣，我們還是應該要去做。」從事這份工作以來也是會不斷有各種無力感，但黎子泓確定自己還是會做下去，「如果沒人做，就不會有更多改變，只會越來越惡劣。」

「就算做了，還是沒什麼改變……」

正想再講點什麼時，急促的手機鈴聲打斷了他們的交談，黎子泓有點抱歉地拿出手機，接通後是署裡的書記，用一種大事不妙的口氣催促他快點打開電視看新聞。

請東風用電腦打開線上電視時，黎子泓只覺得整個頭都痛起來了。

畫面中，正在開著記者會的是譚家父母，在媒體和記者的簇擁下，夫婦兩人流著眼淚向大眾控訴他們的女兒根本不是自殺，而是被人害死的，現在警方也正在幫忙偵辦這起僞裝成自殺的案件，他們譴責眞正的凶手，竟然這樣殘害女孩子的性命，只要讓他們知道是誰，就算是天涯海角也不會放過。

話語一出，記者們一片譁然，紛紛追問著相關情況。

這條新聞很快就出現在新聞首頁上，引起了各式各樣的討論。

趴在桌邊的東風推倒了一支雕刻刀。

「恭喜，你們打草驚蛇了。」

□

「這還眞是要不得的狀況。」

坐在病床邊削著蘋果、今天特地休假的滕祈看著旁邊臉色很糟糕的虞因和床上沒什麼表情的聿，病房裡的電視正在播報著譚家人的記者會，幾個頻道都播放了這則新聞快訊，差不多已經全天下都知道警方在搜索凶手了，「希望虞警官他們可以盡快抓到人了。」

「怎麼會突然出來開記者會……」轉著新聞台，虞因記得虞夏他們的確是希望對方先不要聲張，但是很顯然家屬已經忘記這件事了。

「或許家屬那邊有誰認爲不可以偷偷摸摸吧。」把蘋果兔子放在盤子裡，滕祈遞過去給半坐起來的聿，「這還眞是讓我想起陳永皓的事情，又一個非自願死亡。」這些加害者究竟要多久才會得到相對等的懲罰呢？

「他媽媽、妹妹現在呢？」關掉電視，虞因回頭問道，既然都講到了，他也突然想關心一下陳同學家人後來的狀況。

「過得算不錯，我替她們找了間小套房，妹妹應該到出社會都不用太擔心生活費用的問題。」滕祈微笑了下，說道：「但是，受害者家屬們永遠都不可能有眞的不錯，就算是小聿也一樣吧，心裡面永遠會有一個空缺，即使再多的金錢都塡補不起來，雖然我與妹妹約好等她長大，要帶她媽媽去實現哥哥未完成的心願，不過我畢竟不是陳同學，環遊世界什麼的，都不可能眞正地滿足那份缺憾了。」

從那之後，虞因也沒再見過陳永皓，他不太知道死者到底有沒有所謂眞正的安息，不過可以確定的是，他應該也不會再出現了，也或許他現在還是守在家人身邊，只是沒有人可以看見。

那時候的凶手，再過幾年就會出來了。

他反省了嗎？

「我下去買個飲料，兩位都果汁可以吧。」放下水果刀，滕祈站起身，走到門口時若有所思地看了虞因一眼，「爲什麼你老是要把護身符放在包包裡面呢？那東西要戴在身上會比較有效。」

「呃……」

「想好好和那些東西打交道也不是不行，不過如果不正確保護自己，對任何人來說都是一種錯誤。」想了想，滕祈聳聳肩，「你自己再好好考慮一下吧，和陰的東西接觸太久會收不了手，就算你身邊陽面的朋友夠多、夠硬，也無法全天候都幫忙你。」

「……我知道了。」

「先休息一下吧。」滕祈露出如同以往的微笑，然後關上病房的房門。

四周立即安靜下來。

轉過頭，虞因正好看見在吃蘋果的聿，「昨天眞對不起，我也不知道會弄那麼久……出院之後看你要吃哪邊都隨你點，吃到你高興爲止。」

看著眼前的人，聿瞇起眼睛，視線落在虞因纏滿繃帶的手上，「……拆掉。」

「咦？這個沒事啊？」虞因也很乾脆地弄掉手上的繃帶，說眞的，下面也沒傷痕，這樣包著手也很癢。

看著拆下繃帶的手臂上沒有傷痕也沒有任何怪痕跡後，聿才鬆了口氣。

坐在床邊，虞因整理著拆下來的繃帶與紗布，邊笑笑地看著聿，「你以爲我又去幹嘛了，我也不是一天到晚都把自己搞得亂七八糟啊。」

很懷疑地看著對方，聿完全不相信他沒去亂七八糟，光是昨晚送小孩去急救、今天早上另一個又從排水溝被撈出來，他就覺得有很大的問題。

「出院。」拉著棉被，聿決定要馬上離開醫院。

「幹嘛幹嘛，醫生說你還要觀察，撞到頭不能這麼快出院，躺回去。」攔住人，虞因皺起眉。

「盯著你。」下意識覺得對方肯定在亂來，聿認爲自己不能再繼續留在這裡，不好好盯著對方不行。

「你跟大爸、二爸這兩天都很奇怪耶。」再度把人壓回床上，虞因老覺得這兩天不管是他家大人還是聿都有點不太對勁，但也說不上來哪邊有問題，貌似有什麼事情瞞著他，對他的態度好像也怪怪的，不過這幾天他們都混在一起，他實在是想不出來哪邊有出問題。

「沒奇怪。」

「有奇怪，難道你們三個有什麼祕密嗎？」好像就是他遇到案件第一天回家睡醒後開始吧，虞因老感覺到有微妙的怪。

聿很快地搖頭。

「……算了，你還是傷患，等你好再來講，先給我乖乖躺回去休息，反正我也得等二爸他們搜索完才知道，這段時間都待在這邊，你應該可以安心吧。」沒好氣地再度把掙扎著的人壓回床上，虞因隨手拿了蘋果兔子來咬，不得不說滕祈竟然還有這種巧手，兔子都削得恰到好處，眞是看不出來，「算時間，二爸他們應該也已經開始了吧。」

將他送到醫院之後，虞夏就說要直接往羅強那邊過去，虞佟則是去了隔壁鄰居家。也不知道記者報出來後會有什麼影響，眞希望一切順利。

也不知道葉翼和徐志高的狀況如何，再度打開電視，虞因切換了幾個頻道，果然找到一家正在報導葉翼送醫之後搶救中的新聞，因爲在水中已有一段時間，腦袋長時間缺氧，雖說恢復了呼吸心跳，但能不能醒來還是未知數，就算醒來，缺氧的影響也不知道有多大範圍，可能創傷會跟著一輩子。

因爲都是徐志高繼父下的手，所以這三起新聞是被連在一起報導，昨晚搶救的徐志高目前送入了加護病房，正在嚴密的觀察中。徐志高手腳、肋骨都有骨折，發現時，顱內有好幾處小出血，體外燙傷、挫傷、瘀傷等各種傷痕幾乎布滿了皮膚，更別說內傷的部分了。那時送急診時，醫生就說過這小孩竟然可以撐幾天已經是奇蹟了，這種傷勢隨時死亡都不奇怪。

醫生盡力動了手術，接下來就看天命。

而造成兩名小孩重傷的繼父在剛才被逮捕，員警要捉他時，他正好想搶劫一名上班族女性，幸好員警快了一步動作，不然那名女性可能會遭受到莫名的攻擊，記者還特地訪問英勇的員警們，然後譴責連小孩都下手的惡毒大人。

看著電視，虞因不自覺地開口：「如果是你，兩個小孩你會救哪一個？」

「？」

「葉翼跟徐志高。」看著自己的手腕，那裡有一條黑色的線，虞因淡淡地說：「一個有很好的家庭、父母都在等他；一個可能出院後還是不會多好過……」但兩個都只是小孩子。

「那是醫生的問題。」打斷了虞因的話，聿很小聲地說著：「不是我們。」

虞因愣了一下，回頭，看到紫色的眼睛嚴肅地瞪著他。

「……說得也是。」

8

「阿柳、阿柳，幫個忙。」

抱著一箱物品路過時，阿柳就聽到隔壁玖深的呼喚，還不斷朝他招手，「幹嘛？」

「我在拆電子鐘卡住了，你比較會弄這個，拜託一下。」偏過頭，玖深也看到那箱東西，「這是哪家的？隔壁還是羅家？」

「羅老闆，聽說老大去的時候跟人家打了一架，所以立委又出現拍桌了。」放下手上的箱子，阿柳讓對方看見箱子裡的各種物品，手機和電腦主機佔了一半空間；另一半是一些相機、光碟什麼的，「好像老大到他家時正在摔手機，不知道是不是想消滅證據吧，老大和其他人要去搶下來時發生了衝突，幸好那時候記者還沒到場，只有我們這邊自己有拍。你拆電子鐘幹嘛？這個不是死者住家拿回來的嗎？」他看過去，正好看到工作台上的電子鐘，被拆解到一半了。

「嗯，可是我在檢查時發現鐘好像曾被拆過啊，另外，鐘沒電的樣子，我有點在意就拿來拆看看。」把工具交給同僚，玖深好奇地去翻那箱東西，裡面的手機已經整支爆開了，不過記憶卡似乎沒受損，跟阿柳打過招呼後，他就拆出手機把卡接到一邊的電腦去。

將剩下的部分全拆掉之後，阿柳仔細看了一下，「電子鐘裡面有記憶卡喔，上一個人回裝時小螺絲剛好卡住才會拆不開。」

「居然有。」打開了手機儲存檔案，玖深發現裡面有不少的照片，大半都是裸照，而且照片主角很顯然就是跳樓的死者，「難怪他想銷毀。」

「如果我乾兒子以後長大這樣拍女生裸照，我一定比照老大以前講過的，掐死他塞進馬桶沖掉。」按著玖深的肩膀，阿柳稍微瀏覽了照片，就讓友人先備份起來，這些都要整理送出去的，將來可能都會成為有利的證物。

「如果法律可以讓累犯切掉小雞雞，這種案子應該會少很多吧。」雖然性侵案不是他們業務主項，不過經手的案件也常常混了不少在裡面，玖深有著如此深深的感觸，「再犯率不低啊，受害者願意舉報的卻很少，這樣比較乾脆。」

「人權、人權啊。」阿柳搓搓同伴的腦袋，「自己私下講講爽就好了。」

「嘖……」接過自己那塊記憶卡，玖深邊將上一塊備份起來邊和電腦連結，「不知道佟那邊順不順利。」

「應該很快也會送東西回來了吧。」看了一下時間，都已經晚上八、九點了，阿柳才想到他們都還沒吃飯，「泡麵可以吧？順便弄你的？」這時間他也懶得再跑出去買了，又不想吃便利商店，只好再去找晚上的好朋友報到。

「嗯嗯。」

在阿柳出去之後，玖深也剛好讀取了記憶卡，這才發現裡面沒有自己想像的照片類檔案，倒是有一段錄音檔。

播放檔案後，他就聽見女性低低的哭聲，顫抖的聲音很靠近，應該就貼在當初錄音的東西旁邊，間或還夾雜著比較遠一點的男人威脅聲。

「求求你不要……」

「妳敢跟妳家裡的人講，我就殺妳全家，瓦斯爆炸會連累到樓上也不是什麼怪事吧，哼。」

「請不要……求求你……」

「賤！不要在這裡跟恁北裝處女，都不知道睡幾個人了——」

淒厲的尖叫聲傳來，接著是一片沉默了。

看了一下檔案時間，其實後面還有一大半，但是接著下來都沒聲音了，正想將音軌往後拉時，一種飄忽的低低喘氣聲從電腦裡傳出來。

愣了有幾秒，玖深瞇起眼睛仔細看音軌部分，螢幕上顯示中間這段應該都是無聲檔案，但是卻真的不斷傳出喘氣聲，像是有人在痛苦喘息般的聲音，換氣間可以感覺得出來很勉強，而且拖得很長，一般人不會這樣呼吸。

越聽越覺得有點毛，正打算關掉等阿柳回來時，電腦突然就傳來一陣刺耳的噪音，本來就把音量開得有點大的玖深直接被嚇了一大跳，類似干擾的噪音似乎就是存在檔案裡，而且還很大聲。連忙把檔案暫停後，他抹了把冷汗，決定去催友人快點回來。

「錯覺、一切都是錯覺，絕對不是我想的那麼不科學……」邊唸邊站起身，幾乎就在要打開玻璃門出去的同時，室內電燈突然一個閃爍，整個空間瞬間陷入了黑暗。

全身的雞皮疙瘩也在同時爆炸，玖深整個人撞在玻璃門上，咚地很大一聲整個還產生回音了，還來不及捂著疼痛的臉逃出去，他就聽到那個檔案裡的喘氣聲又從電腦那傳來了。

完全沒有勇氣轉回去看電腦那邊有什麼常理不能解釋的東西，玖深抱著頭直接面對牆壁插到角落裡。

低低的聲音從他的背後傳來，黑暗中，傳來了異常清晰的女性聲音——

我，不想死……

我，要殺了他們……

「你在幹什麼！」

「嗚啊啊啊啊——」

整個往牆上撞下去，玖深發出慘叫之後才發現身後那個聲音與他認識的人很像，像到他忍不住一轉頭，這才發現工作室裡的電燈都已經大亮了。

站在後方的阿柳瞪大眼睛，也是一臉驚愕，「幹嘛叫那麼大聲！」

「我、我、我……」無力地趴在地上，玖深完全不知道該怎麼形容剛剛的事，「我可不可以跟你換工作室……」

「什麼東西啊，麵已經泡好了快出來吃。」整個莫名其妙，阿柳也不知道他在搞什麼飛機，就隨腳踢踢地上的人，接著往電腦那邊看過去，「裡面是……」

「我們快出去吃吧！等等再回來弄！」從地上跳起，玖深馬上拔腿往外逃。

疑惑地看著逃出去的人，阿柳看著電腦上的檔案，重新播放了一下音訊，簡短的檔案在尖叫聲之後就結束了，前後大約十多秒，但是已足夠當作死者被威脅性侵的證據了。

有時候會覺得，這種證據如果是在生前被找出來就好了。

或許，當時她還有機會可以重新開始。

而現在已經來不及了。

□

「就算我與隔壁的女孩子有性行爲又如何？」

坐在客廳中，宋傑瀚微笑地看著面前的員警，「幸好我太太出差了，實話說，我和隔壁的妹妹的確有過性行爲，但也僅是一開始出軌交往，我還是很愛我太太的，所以幾次之後就和她分手了。這部分我不希望我太太知道，因爲這些事情影響到我們夫妻感情應該也不太好吧，畢竟都結束了不是嗎，虞警官？我這也不配合你們交出手機和主機……希望你們可以先幫我把工作那部分備份好，有些我還得交給客戶。」

虞佟看著和虞夏互換的筆記本，望著對座微笑的青年，「你確定你當天眞的看見了隔壁的女孩跳樓嗎？」

「是的，那天我正在陽台上晾衣服，另一邊的住戶也有看見我，你不相信可以重新問看看，這是事實。」很舒適地坐在沙發上，宋傑瀚端起了茶水，悠哉地說著：「天色也不早了，不介意的話，要不要一起吃個晚餐？」

「不用了。」站起身，環顧著一塵不染的室內，虞佟闔上本子，「希望你不要說謊。」

「說真的，虞警官，你們又何必那麼辛苦，不就是自殺案而已嗎，省點力氣去做其他事情不是很好嗎？」走到門口替對方打開大門，宋傑瀚依然還是一樣的笑容，「人都已經死了，不會再開口說其他事情了。」

「……這還不一定。」

「話雖這麼說，還是挑點輕鬆的做比較好吧，我也很期待下次有機會可以請警察先生吃個飯，我想警官們平常很少到高級餐廳吧，偶爾享受一下也不錯。」

看著門在眼前關上，虞佟站在大樓走廊，嘆了口氣。

宋傑瀚的配合度太高了，他們一到，馬上就將手機和電腦交出，簡直就是準備好在等他們，屋裡面也沒有任何死者當天購買的物品，更別說其他痕跡了，陽台上完全沒有殘留的異常跡象。

到底爲什麼死者家屬會突然開記者會呢……

不得不說，虞佟有感覺被記者會害到，虞夏那邊聽說還起了衝突，這邊雖然沒什麼衝突甚至是非常順利，但是他直覺帶回去的東西應該都沒什麼用處。

「警察先生。」

正打算按電梯下樓時，虞佟聽見柔柔的聲音傳來，「這麼晚還在工作啊，吃過晚餐了嗎？」一回頭，他就看見唐雨瑤站在門口對著他微笑，表情很溫柔，「要不要進來吃個飯再走？我燉了一鍋肉，同事都說我的燉肉很好吃喔。」

「不用了，謝謝。」禮貌地婉拒，虞佟回笑了下。

「那麼我幫你打包一點好了，這種時間雖然還買得到飯，但常常吃外食對身體不好……這樣應該不會有什麼賄賂問題吧。」搶在虞佟開口之前，唐雨瑤就逕自回到自己的屋子裡，不用幾分鐘便拿著小型保溫鍋出來，還很細心地用了粉色的花布袋裝好遞出，「在電視上看到隔壁妹妹的事情，請加油喔，我相信案情一定會水落石出的。」

「這個不用……」

「要趁熱吃喔。」把袋子塞到對方的懷裡，唐雨瑤甜甜地笑著：「對了，這兩天隔壁那邊的先生跑了幾次垃圾場，也不知道是扔什麼呢？」

「大樓的垃圾場？」

「是啊，明天好像是統一清理的日子，我們這邊三天來拖走一次，剛剛下去時垃圾跟回收也都快滿出來了，您如果有興趣可以問看看警衛，不過還滿髒亂的，有老鼠呢……」

「謝謝。」

道過謝之後，虞佟直接按了電梯往垃圾場跑。

他也不確定會有什麼，這時間找玖深他們來也不太好，和警衛拿了垃圾場的鑰匙後，他就來到堆滿各種垃圾的大樓後方。

光是站著就可以聞到各種腐敗的臭氣，黑暗中蟑螂和老鼠正在角落穿梭。

「所以條杯杯你要翻垃圾喔？」

被身後突然傳來的聲音給愣了一下，虞佟就看到穿著熱褲的小女生從階梯上跳下來，還抓抓自己的頭，「嘖，老娘好不容易套問到你還在這裡，今天難得休假想找條杯杯你去吃個夜市大餐……」

「這邊很髒，不要下來了。」看著女孩毫不在意地用高跟短靴踩死鑽出來的大蟑螂，虞佟連忙說著。

「安啦，老娘不怕蟑螂也不怕老鼠，老娘連嘔吐物都摸過，還可以徒手抓蛇。」爽朗地咧嘴一笑，小海脫掉小外套，一腳踩上掉落在地上的垃圾包，整個人支著超大的垃圾箱邊緣往上一跳，就坐在闔不起的頂蓋上。

「所以，我們要找什麼東西？」

□

「老大，你快要變成一種傳說了。」把玩著手上的消毒水，悠悠哉哉坐在別人椅子上的嚴司看著正在換衣服的某高手，「我聽小伍他們說你今天竟然徒手跟菜刀拚鬥耶，你會不會每次出任務都可以錄一片武打特輯，我看你們以後有形象廣告啥的可以剪輯一下，說不定民眾會覺得警局裡面都充滿不世高手，對治安會很放心。」

「你是沒事幹來說屁話嗎？」穿上了乾淨的T恤，虞夏拿起了不小心被劃破幾道口子的上衣，嘖了聲，他哥看見八成又會唸個不停，但是這個又得拿去當證物不能自行銷毀，超麻煩。

「我當然是跟我前室友來看熱鬧啊，順便想複製一塊武林高手特錄片回家供奉，不老金童特別武術很厲害的！」就在剛才，他和黎子泓一進警局就聽到好幾個人在說虞夏去羅強住處時遭到攻擊，正在銷毀手機的羅強一見虞夏出手要搶，竟然就拿了菜刀胡亂揮舞砍人，近身搏鬥的虞夏也被劃了幾刀，微妙的是，大部分都只有破衣服，本體幾乎沒有受到什麼傷害；最多也就一條手臂上淺淺的擦傷，還是將老闆壓制在地上時自己不小心被老闆揮到的，這讓嚴司越來越想說服他快點去開班授課吧，一定會有很多人想學武功的！

黎子泓咳了聲，無視衝過去打嘴賤某法醫的某員警，直接轉身過去整理報告，「總之沒事就好，阿柳剛剛有打電話來說找到羅強威脅性侵的錄音檔案，主機裡有更多側錄的影片和相片，應該都足夠證明死者被多次侵害。」

「那個渾蛋還留著欣賞啊！」虞夏皺起眉，把嚴司丟到旁邊。

「似乎是這樣沒錯，阿柳說都是自拍畫面，裡面有不少死者哭著拜託他不要拍的片段，他們整理好之後會全部送過來，最起碼我們可以確定這是非自願行爲。」轉過頭，黎子泓覺得有點無力，他們必須向家屬解釋這些，在親人死亡之後，家屬必須再承受第二次打擊，而死者顯然不只遭到一個加害者傷害，還會再有第三次、四次不斷的創傷……

「垃圾！」虞夏罵了句。

「老大，你可不要衝去爆他蛋喔。」揉著被毆打的臉，嚴司很好心地提醒：「雖然我也滿支持爆蛋的，不過要怎麼爆是門學問，要神不知鬼不覺才好，不用因爲這種垃圾賠上自己的前途，我們私下可以研究研究。」

「……別鬧了。」看了專門搧風點火的某友人一眼，黎子泓咳了聲：「總之我會就這部分先提出起訴，但是我們都知道他並不是凶手，另一個部分要加快腳步，媒體已經報出來了，在所有證據都被打亂銷毀之前，要快點。」

「知道。」其實比較想去爆那些讓嫌犯有所準備的媒體腦，虞夏將衣服塞進證物袋，非常不爽地點了頭，「家屬有沒有解釋爲啥會開記者會？」居然也沒先和他們打個招呼，讓他們完全沒有心理準備，整個事情非常突然。

「聽說對警方的效率不太滿意，他們覺得再拖下去會讓凶手跑走、怕被吃案，所以就臨時叫了好幾個記者，我們認識的記者還來不及傳消息給我們，就被播報出來了。」也是事後才問到，黎子泓有點無奈，事發到現在也不過兩、三日，家屬竟已經不願意配合了。「現在沒道德只想搶新聞和收視的狀況太多了，不是每家都願意和警方配合。家屬這兩天也有自己的壓力，既然事情已經發生了，也沒辦法去苛責他們什麼，我們只能盡量做補救和加快速度。」

「我知道。」其實也已經快要被捅習慣了，虞夏只能默默地悶一下，還是打起精神準備對付那個姓羅的。「人我先留置了，希望他家律師和立委會睡到明天才起床。」這種時間看到那些傢伙他絕對會胃痛。

「明天一早會申請拘留。」黎子泓推了旁邊的嚴司，「記得驗傷。」除了性侵嫌疑，最快的就是直接控訴他襲警，總之先把人扣下來再說。

「好。」

在黎子泓和嚴司分別離開之後，虞夏看了下時間，都已經九點多了，不知道爲什麼留在大樓的虞佟發了封簡訊說會晚點回來，他就先整理一些手上的案件檔案，約在十點後撥時間先離開警局。

葉翼和徐志高那邊都沒什麼消息，兩個小孩都在加護病房，都在危險時期中。

打了電話確定還是未醒後，他就直接往虞因他們所在的醫院跑。

到達時正好遇到滕祈要離開，虞夏就向對方道了謝，到病房前正好碰上醫生，問了下狀況知道明天就可以辦理出院後，他也稍微鬆了口氣。

進門時，虞因和聿正在床上打ＰＳＰ。

虞夏無言了下，「你們兩個都幾點了，打什麼電動！」

「之前跟黎大哥借的，反正在這裡也沒事啊。」趴在床邊的虞因看著打得很入迷的聿，聳聳肩，「而且才打一下子，沒有很久。」

「人家早就熄燈了，快點收一收去睡覺！」沒收了那台小機器，虞夏提醒他們時間，兩個小的才不甘不願地往病床和家屬床躺。「阿因你在這邊應該還可以吧？」沒忘記虞因會看見各種東西，醫院尤其多，他不自覺就問了句。

「呃、沒問題啦，這間還算滿乾淨的，隔壁比較不行。」虞因很小聲地告訴正在放東西的虞夏，「隔壁那間有個老婆婆，最好是請家屬來招回去，我今天路過隔壁病房時，看到她壓在病患身上。」然後那個患者咳嗽咳個不停，就這樣咳了一整天，醫生開藥給他也沒用。

「……」幸好明天快出院了，虞夏回過頭，「你們早點睡吧，阿因，明天你幫小聿辦出院，兩個不要亂跑乖乖回家。」

「好。」

坐了一會兒確定兩個小的都睡著之後，看了眼時間，虞夏就關上燈，打算回到局裡繼續未盡的工作。

然後，他聽見細微的聲響。

在黑暗中，冰冷的空氣彼端有個黑色的東西蹲在窗子底下，他很確定在關燈之前窗戶下並沒有任何東西，更何況那個位置就在家屬床旁邊，絕對不可能記錯。

「請離開。」虞夏看著那團東西，冷冷地開口：「這不是你該待的地方，該做的我們都會做……離開我兒子。」

下一秒，那團東西突然就唰一聲消失得無影無蹤。

「該死！」

□

「你還不打算回家喔。」

打著哈欠，今天大半天沒事，跟著東奔西跑的嚴司整個人掛在沙發上，看著自家還在盯著螢幕看的前室友。從警局那邊拿了好幾片監視器回來後，黎子泓就一直黏在畫面前，似乎完全沒有要離開的打算，「會過勞死喔。」

「你講過了。」喝著熱茶，黎子泓連頭也沒回地說道。

「肚子餓。」

「半小時前你講過了，還買了宵夜回來，剛剛還在講什麼生菜沙拉縮水、物價飛漲天地不仁。」核對著手上拿到的口供記錄，黎子泓皺起眉，標記出不一致的地方。

「事實上我看看……過了有五十分鐘了，難道你們這些工作狂時間都過得比別人慢嗎！

你們一天其實是用四十八個小時去計算的吧！」看著都已經過深夜一點的時間，嚴司開始在想要去向警衛要看看有沒有打地鋪的東西了。

「宋傑瀚的說詞很明顯有問題，他太太當天回來的時間是在死者跳樓前五分鐘，不是從大門口回來，是從地下停車場，停車場和電梯很明顯都拍到了。」記錄上卻是寫著在跳樓後才回家，負責察看監視畫面的員警也在上面標出不符合的字樣；黎子泓換了賣場的片子，「另外也有拍到那兩個小孩的出入畫面，事發前半小時進入，事發後立刻離開，和虞因他們說的時間一致。」

「……你是完全無視我的話吧。」雖然是這樣說，不過嚴司還是無奈地趴回沙發了，正想繼續抬槓兼騷擾時，他無意間就瞥到監視畫面的角落，「等等，暫停一下，左上角那個女人好像有點眼熟。」

「哪裡？」按下停止，黎子泓跟著看過去，畫面就停在死者正在猶豫要購買刀器當晌，鳥瞰往下的監視器角度，拍到隔壁貨架角落邊有一名女性推著小推車的身影，正好看向了另外那端的死者，「……宋傑瀚的老婆。」

當初他和嚴司詢問大樓住戶時見過對方一面，沒想到嚴司還記得挺清楚的，竟然一眼就注意到了。

「不是說去買午餐嗎？」興致也來了，嚴司靠過去旁邊按下播放，盯著看似路過的女性又消失在畫面中，大概幾分鐘之後，她就推著推車從死者後方路過，看起來就好像是無意間發生的事。

拿來個人筆電，黎子泓放了其他帶子，換了目標之後，他們發現女性似乎把賣場完完全全地逛個仔細，繞著室內走了幾圈，但是推車中的東西始終沒什麼增加。

最後，死者結帳時，她正好就在櫃台對向看著，幾秒後拿起了手機轉過頭，背對著監視器鏡頭。

嘖嘖了聲，嚴司摸著下巴：「我有時覺得你們的工作其實也滿有趣的，這個叫啥狀況……中大獎吧？簡單地說，就像在焦乾焦乾還脆脆的屍體裡面突然發現還有新鮮的牙髓一樣讓人感動啊。」

「不要亂說。」記錄下時間，黎子泓橫過身去拿手機，這才發現有幾則簡訊，是幾分鐘前傳來的。「虞佟那邊似乎也發現什麼了。」他打開簡訊，裡面夾著幾張照片，看得出來是在某處的垃圾場，四周全都是被拆散的垃圾，照片中心重點也是一包垃圾，但是與其他廢棄物不同，這包垃圾裡面顯然全都是新的東西，有一些藥品和清潔劑，還有部分同樣未拆封的食品和整包的衛生棉，幾張照片都是這些東西的特寫，上面甚至還留著嶄新的標籤，最後一張則是小海的自拍照，另外空出來的一隻手竟然還神勇地掐著隻小貓大的老鼠。

「原來小海妹妹也在那邊喔，女孩子敢這樣翻垃圾的還眞少見。」看著照片上髒得亂七八糟的女孩，嚴司看了下時間，算得出來電話那端的兩人也翻了好幾個小時了，幸好眞的有收穫。

將相片備份到電腦裡，黎子泓撥了電話過去，和對方確認了狀況。「他們現在還在垃圾場，已經派人過去支援了，物品大致核對無誤，只有購買的刀具不見了。」

「……用掉了？」原來還先去表演了吞刀嗎？

「有可能，如果死者不是在自己租屋處墜樓，刀具或許還留在她掉落的地方。」稍微整理了一下，黎子泓關掉了筆電，「你先回去休息吧，我繞過去一趟就會回家了。」

聳聳肩，的確也沒必要再跟去，嚴司跟著站起來活動一下痠痛的筋骨，「好吧，你別回家又打電動，前幾天我去你家好像又看到新的遊戲了，想暴斃也不是這種玩法。」

「放著還沒有玩。」黎子泓扣起了公事包，「我自己知道拿捏時間。」

「最好是。」很不想舉例他看過不知拿捏的部分，嚴司又看了下手錶，「總之就這樣啦，大檢察官你自己保重啦。」他明天還得早起去找屍體報到，所以的確沒辦法跟著混太晚，不然到時候把屁股當腦袋切了就會很慘。

「自己路上小心點。」

嚴司離開之後，黎子弘將辦公室的燈關好並鎖上門，這時間署裡已經沒有其他人了，刷卡離開後，外面已是一片漆黑，只有排列整齊的路燈還散發著光亮。

經常深夜才回家，所以他也很習慣這裡的黑暗，拿著鑰匙就走向了停車場。

才走不到幾步，黎子泓就發現不太對勁，隱隱約約感覺到一股視線盯著自己，但是回頭卻什麼也沒有。

原本以爲是自己的錯覺，但是邁開腳步之後，那種感覺又出現了，而且還多多少少能聽見後方有些移動聲……有人跟在他身後。

注意到的同時也跟著警戒起來，後方的人似乎也不是很擔心被人發現，更肆無忌憚地跟了上來。

雖然不像虞因可以分辨，不過黎子泓也感覺得出來跟在他後頭的是人，移動造成的聲響太過明顯，他在上一個工作地點也被跟過，並不陌生，就是不知道對方的來意是善還是惡。

逐漸接近自己的車子時，直接嚇到他的並不是後方的跟蹤者，而是轉過後、車邊的一團東西，那團東西還超熟悉的，下午才見過。

「學弟？」

蹲在車子旁邊的東風看了他一眼，才慢慢地從地上爬起來。

也搞不清楚對方爲什麼在這裡，黎子泓突然想起後頭還有人跟著，一回頭，卻什麼也沒有了，連視線感都消失了，不知道是放棄還是其他原因，跟蹤者並沒有再跟上，這多少讓他鬆口氣，就把所有注意力都放在友人身上。「你來多久了？」

「沒很久。」看了時間，東風拍拍有點麻的大腿，「你們調學校監視器沒有？」

「咦？有啊，有負責的員警正在監看。」有點跟不上對方的突兀發言，總之黎子泓先開了車門，兩人都先上車比較安全，「我要跑一趟警局，路上說。」

「嗯。」

她不想死。
沒有人眞正的想死。

她只是，手握著冰冷的刀刃，想要換取自己的自由，想要換取一方的沉默。
世界上有許多事情無法眞正地獲得正義，所以最起碼讓對方先安靜。
赤紅色的血液一點一滴地掉落在乾淨的地板上，男人憤怒的咆哮聲，疼痛的臉頰以及手腕，刀尖碰撞地面的細微聲響。
然後，女人的尖銳吼叫。
他們起爭執、他們互相推罵，他們拉著她的頭髮。
接著，世界顚倒了過來，所有一切都失速墜毀。
虞因驚醒時大約是早上六點多的時間。

他放在床邊的手機不斷震動著，在安靜的空間裡就算是這麼細小的聲音也讓人覺得有點刺耳。

連忙把手機按開，虞因翻起身快步地走出病房，「哪位……咦？」

掛斷通話回房間時，聿已經清醒了，坐在床上打哈欠，然後揉著眼睛看他。

「東風打電話來說徐志高稍早時候醒了，不過清醒的時間很短暫，院方那邊的員警有錄下一些口供。」也不知道爲什麼那個骷髏又會出現在醫院那邊，虞因聳聳肩，「大致上是說他和葉翼躲在大樓樓梯間時，有聽到爭吵聲，那時候他好奇跑出去偷看，葉翼因爲不敢過去就留在樓梯間，他發現樓梯間旁邊那戶人家門沒關好，一看進去就發現裡面有人在爭吵，接著好像有跟其中一個人對上視線，所以他連忙拉了葉翼就逃走了。」在警方人員詢問之後也就說了這些，徐志高又昏睡過去了。

聽到小孩醒來後，聿也稍微鬆口氣。

「總之，他的狀況好像有比較穩定了，我們等等也收拾一下辦出院吧。」

「嗯。」

離院時，來接他們的居然是楊德丞，這讓虞因整個驚愕，然後前者就開始抱怨他本來要去批食材的，那個渾蛋法醫一大早打電話來跟他說什麼「忍心放著兩個孤苦無依的小孩自己搭計程車回去、一個傷患一個撞鬼還要自己煮飯吃嗎很淒涼耶」之類的話。

然後虞因就跟楊德丞一起罵那個渾蛋法醫了。

安全把他們送到家後，很好心的楊德丞還借了廚房幫忙弄一些可以存放和微波的食物。

「東風？我知道啊，以前聽阿司提過，但是沒遇過本人。」蓋上鍋蓋，楊德丞看著兩個蹲在門口的小孩，「據說是個厭食症的乾屍，阿司老說應該叫他來住我家隔壁，可能會變得跟氣球一樣肥……不過他自己也知道厭食症沒那麼容易治。」

「所以嚴大哥也不知道他爲啥會那樣子喔。」虞因還以爲可以套出來點什麼。

「阿司不知道，小黎好像也不曉得吧，以前我問過，兩人都不曉得原因，只知道進大學之前就這樣了。」楊德丞想了想，說道：「心理疾病造成的症狀，如果不能徹底明白原因根治，是不會痊癒的。你們要是想幫他的話，大概得從他的身家背景開始入手，不過東風那種人應該自己很明白自己的問題，旁人可幫助的範圍有限，就像賴長安，自己不想幫自己，別人說再多也沒用。」

「我瞭了。」上次賴長安的學妹阿飄也讓他們印象深刻，虞因和一旁的聿對看了一眼，也只好決定之後再想想要怎麼幫忙了。

虞因總覺得東風其實沒有他自己說的那麼不近人情，不然就不會一而再再而三地跑去大樓，也不會跟在一個陌生女性後面，就只是覺得對方有什麼徵兆。

說不定真的可以幫上點什麼忙。

「啊，是說嚴大哥有講過他搞瘋鄰居。」邊思考，虞因邊想起另一件事。

「這個我知道，不過事情有點長，改天你們來店裡我再慢慢講給你們聽，阿司說你們兩個回家吃飽都要上床睡覺休息的，先乖乖照顧自己吧。」雖然抱怨對方亂叫人，不過既然已經來了，楊德丞也很盡責地把友人交託的事情辦好。「對了，今天早上好像又出現那個割喉之狼什麼的，你們自己小心一點喔。」畢竟被割脖子也不是啥愉快的事情。

「怎麼每隔一陣子都會出來這種人。」虞因嘖了聲，不管是割喉還是割大腿，甚至還有剪女生頭髮的，層出不窮。

「生活壓力大吧。」楊德丞笑了笑，聳聳肩。

「唉……」

「幫忙拿個盤子。」指揮兩個小的，楊德丞想了下，「那兩個小朋友也真可憐，遇到這樣的鄰居。」

「葉翼嗎？這倒是真的……」虞因嘆了口氣，想到了葉翼的無妄之災。

「不，我是說兩個。」把鍋裡的肉塊起鍋，楊德丞漫不經心地說道：「徐志高也是，明明鄰居們眞的想幫忙的話，群起是可以協助的，但就因爲大家都怕惹上麻煩，也覺得不該做太多不干己的事，讓他繼父更肆無忌憚，到差點被活活打死，即使發現不對勁也沒人想報警，現在的人眞的很冷淡。」

「這也沒辦法，人家有靠山啊。」想起王秋雪的話，虞因覺得其實每個人都有自己的無奈，「一次兩次三次，想幫的人也會無力嘛。」

「也是，現在是人心磨人心的社會。」楊德丞轉頭看著後面兩個小的，若有所思地開口：「你們下一輩的以後有小孩的話，要記得不要養成那麼討厭的大人。」

「……楊大哥你好像也是我們這輩的吧。」明明就只大他幾歲，居然講得好像跟自己沒關係一樣。

「反正大概就是這樣吧。」

□

「條杯杯，你看你看！」

虞佟一回頭，就看到小海穿著有點寬鬆的白色襯衫走出來，「老娘借來的衣服。」剛借用了宿舍浴室清洗乾淨，小海穿著玖深借的衣褲轉了圈，說眞的，衣服和褲子都有點大，不過也不怎樣在意的女孩就直接拿了條橡皮筋綁褲頭，乍看之下突然變得很嬌小清爽，還有種說不出來的乾淨氣質。

「辛苦了，累的話先去休息室睡一下，等等起來精神好，再回家比較不會危險。」拍拍小海的頭，回來也是先去清洗的虞佟還滿感謝對方昨天的幫忙，才可以那麼順利快速地找到東西；另外也不知道是不是他的錯覺，小海跳進垃圾堆開始翻的時候，那些蟑螂、老鼠跑得超快的，活像末日在逃命一樣，以至於他們後半段時間都沒被什麼活物干擾，根本不怕老鼠的小海一開始還會不時拖出大老鼠丟出去，勇猛異常。

「安啊，老娘精神很好！」比了記拇指，相較於睡覺，小海比較有興趣的是看著工作區來來往往的其他員警們。之前來打探虞佟消息時也認識了很多人，不過她一般都不會留這麼久，以前來警局也都是因爲工作上的問題，或是有人起爭執什麼的來做筆錄，很悠閒地待在這邊倒還是第一次。「條杯杯你不用擔心老娘，老娘等等自己會回去，上班工作隨意，當老娘透明就好了。」

「好吧，那先吃飽再回去吧，剛剛小伍有幫妳叫餐點，在他桌上。」

「謝啦。」

在虞佟離開處理其他事務後，小海哼著歌和小伍打了招呼，就坐在對方的辦公桌位子吃起了已經有點半涼掉的湯包，然後看著其他人工作。

她看到一個很憤怒的中年人被扣留問話，然後還一直罵正在做筆錄的員警。

誰咧……眼熟的傢伙。「啊，那個啥老闆的。」拍了一下手，小海想起來那傢伙是叫作羅強的小吃店老闆，昨天才剛攻擊完條杯杯二號。

羅強的身邊還有個姿態很高的人，一臉不悅地要員警先找上層來，說著明明警告過他們少管閒事還是亂搞什麼的，真的不把他當一回事之類的嗎。

「那個是議員，羅強的好朋友，聽說選舉時，羅老闆都會幫他拉票啥的……反正大概就是那回事。」坐在旁邊標註資料的小伍低聲地說：「另外也還認識兩、三個類似的，這兩天來的都不同人，所以我們主任最近頭也很大。」

「很麻煩的話，老娘可以把他灌水泥變成大樓的柱子。」小海笑容燦爛地拍拍小伍，「放心，老娘門路很多，他會直接蒸發在空氣中，下一任就不會看到了。」

「請不要做違法的事情。」抱著一些東西走回來的虞佟正好聽見這段交頭接耳，「人不用有太高成就沒關係，但是要活得坦蕩。」

「喔。」小海抓抓臉，本來想告訴對方說，就算把那種人變成柱子她也還是很坦蕩，說不定還很爽，每天都可以心安理得地睡好覺，但考慮到虞佟的個性就沒多說了。

把物品交給小伍讓他轉送出去後，虞佟才走向正在叫囂的羅強和他朋友，表示羅強有多次性侵死者嫌疑，沒釐清之前他們會暫時請羅老闆繼續在這邊作客。

接著羅老闆與友人又是一陣發飆，甚至還踹了旁邊的椅子，引來不少經過走廊其他人的側目。

羅老闆轟員警闖房子拿走他的東西，就算他有那個賤女人的裸照又怎樣，那是那個女的之前被他看到在路上和男人亂搞，哀求他不要告訴父母，可以陪他上床之類換取的，後來又跟他拿錢上床，干他們這些警察屁事。

從頭到尾都保持不變表情的虞佟等他們罵完一輪之後，取出了從玖深那邊拿來的備份檔案，「我們今早在死者住家中其他物品裡找到更多錄音，我們相信您是在違反譚同學的意願下強制性侵，同時也威脅她各種事情。」說著，他放出了一小段今天玖深在其他文具裡找到的錄音檔。

檔案的聲音並不大，但沒坐很遠的小海還是清楚聽見了那段叫罵和哀求聲。

「賤！妳老子老母竟然想告我——」

「不要這樣……」

「妳最好給我乖一點，不然我就把妳這些見不得人的照片貼在全社區，看到時候妳家還敢不敢出門。我看我做人也乾脆一點，順便送妳家那兩個老的上西天，他們也活得夠久了，早點死一死才不會看了礙眼！」

「請不要傷害我家人、不要傷害我爸媽，求求你……」

「會怕最好！給我跪下！」

「不要、不要……求求你……」

「類似的檔案還有好幾個。」

關掉了檔案，虞佟嚴肅地看著一臉鐵青的老闆和他友人，「其他部分，我想檢察官會詳細地提出。」

「賤女人，竟然敢錄音——」低吼了句，羅強怒瞪著虞佟：「你們吃飽太閒查什麼查！那個賤女人死了就死了，他們全家死光都活該！你們出什麼頭！我幹你老——啊啊啊——」

後面的罵句直接消失在吃痛的哀號裡。

「你敢再對條杯杯沒禮貌，恁祖嬤就抽了你的舌頭，踢爛你的蛋割掉你的雞，把舌頭跟你那根爛東西塞進你他媽的屁眼裡。」從後方抓住對方頭髮的小海用力把對方的頭往後扯，完全無視對方的慘叫聲，「最後拿強力膠灌你屁眼。」

「警察打人！」愣了一下，好不容易才反應過來的友人立刻大吼大叫。

「誰跟你說老娘是警察！你是目洨嗎！」被跟著反應過來的幾名員警拉開，小海冷笑著記下對方的樣子，「夜路走多會遇到鬼，你給老娘等著。」敢對條杯杯不敬，她就會讓他見識到什麼叫作夜路不好走。

「你們警察竟放任暴民在警局打人！你們完蛋了你們，我要找你們大隊長……靠——」被拉開的小海剛好一腳踢在議員的屁股上，直接把他踢去撞牆，咚地一聲好大聲，「有種衝著老娘來，老娘吃飽等你！」

請同僚幫忙把小海拉到他的辦公室，虞佟擋住想追上去罵的議員，隔開兩方。

他突然覺得自己預測得實在是太準了，幸好讓虞夏先去大樓找宋傑瀚了，不然現在要拉的八成還有個叫虞夏的，接著等他回來，就會看見被小海和他雙生兄弟打殘的兩個人，可能還會上新聞吧。

「給我叫你們大隊長來！」

□

「請問你們還有多少麻煩沒找完？」

站在門口，宋傑瀚看著門口的年輕員警，後來他才弄清楚是兩個長得一樣的，而不是同一人。「我已經非常配合你們了，東西也交由另一位虞警官帶回去，請問還有什麼事情？」

「想請你解釋一下，爲何隔壁譚小姐的物品是你拿出去丟的。」虞夏看了眼屋內，似乎是在整理什麼，屋裡的東西有搬動的跡象。「以及想請你太太到警局一趟，有些問題想請宋太太幫忙釐清。」

「我丟她什麼了，你們有什麼證據？」宋傑瀚冷笑了聲，就靠在門邊，也隨便虞夏去看，「請問你們就是這樣一直找一般百姓的麻煩嗎？如果是的話，還要找多久才會結束？」

「等我們把指紋驗出來就可以結束了，那時候就請你自覺一點去報到。」看著眼前的笑面虎，虞夏環著手，也和對方槓著：「我們一直在找案發當天譚小姐自殺前買回來的物品，但是完全找不到，就那麼剛好看見你拿去丟了，監視畫面也顯示你丟了那些物品……你也可以不用現在解釋，等鑑定結果出來會解釋一切。」

「您是說這兩天放在我家門口那包垃圾是吧？的確好像都是新品，但是現在這個社會實在是太不安全了，誰知道那裡面有什麼東西，既然不是我家的，似乎也沒人認領，將那些東西當作垃圾處置掉好像也構不成什麼犯罪。」臉色一點也沒有改變，宋傑瀚用一種恍然大悟的語氣：「原來那是隔壁小姐的東西嗎？那就難怪沒人認領了，不過我想也不用物歸原主了吧，如果家屬想要賠償，我照價還他們就是了，沒什麼大不了的。」

「你這種人還滿會睜眼說瞎話的，請問你太太不在嗎？」

「我說的都是實話。我太太暫時出差不在，如果警方想找她，可能得等到她工作回來喔。」微笑地說著，宋傑瀚聳聳肩，「警方應該不至於想強迫人在工作途中趕回來吧。」

「據我們所知，宋太太前天已經遞出辭呈，隨之公司就聯絡不上人了。」來之前已經去電該公司詢問狀況，虞夏冷笑了聲：「另外我們調出通聯記錄，你的手機沒有問題也沒有其他檔案沒錯，但是你太太名下申請了兩支手機，其中一支和你的手機聯繫得很頻繁，但是沒撥打過其他電話，使用時間似乎大多都是在你太太上班時間。」

「夫妻熱線應該沒什麼奇怪吧，我太太就是不喜歡私人電話和工作電話混在一起……」

就在宋傑瀚正說話時，原本安靜的屋內突然傳來一個悶響，似乎有什麼東西重重地撞在牆面上。

「你太太在家嗎？」也聽見那個撞擊聲的虞夏皺起眉。

「不，我家可沒有人在。」挑起眉，眞的不知道爲什麼有聲音的宋傑瀚回頭走進屋裡，「不信的話你可以進來看看。」

正想跟著進去的虞夏才一邁開腳步，身上的手機就響了，拿起來看還是玖深的來電，他就盯著屋主進去先接起了電話。

「老大，你還在大樓嗎？」

「還在，就在隔壁姓宋的他家門口。」

「喔喔，那剛好，我跟阿柳早上檢查了他的電腦，發現他交出來的主機不是平常在用的，裡面是備份用的硬碟。」

「備份用的？」

「嗯，不是平常使用的狀況，雖然裡面有各種資料和系統程式，看起來也像是主機硬碟，但是它存取的時間是統一固定的，不是隨時存取狀況，網頁瀏覽資料也不多，更沒有使用密碼的記錄，我看大概是臨時去瀏覽幾個網頁應付……簡單地說，這個主機裡的硬碟是備份使用不是主要使用的，他應該還有一顆主機硬碟沒交出來。」

「我知道了。」

「然後你家小伍託我跟你說，小學那邊的監視器監看結果出來了，雖然沒有拍到是誰推葉翼的，但是卻拍到宋傑瀚出現在那邊，小聿車禍之後他很匆忙地離開現場，我們會把葉翼當天的衣服拿回來檢驗，如果真的是他推的話，上面說不定會留下痕跡。」

「好，麻煩你們加班了。」

掛掉電話之後，虞夏開始考慮起不要跟這種陰險的傢伙浪費時間，從背後打昏他拖回去算了，反正是被打昏還是自己踩到東西滑倒，都沒有人可以幫他作證。

就在打著歪主意時，虞夏再度聽見那個重擊聲，這次非常清楚，是從緊鄰隔壁的方向傳來，好像是誰在搥牆壁一樣的聲音，但是力道太重了，又沉又響，不像是正常人搥出來的。

屋主也說過他可以進來，虞夏當然就不客氣進去了。屋內的規格和隔壁差不多，三房一廳加廚房，先進去的宋傑瀚正好站在廚房牆邊，重擊聲似乎就是從那邊傳來。

看見虞夏進來，宋傑瀚聳聳肩，「好像是隔壁其他女孩子在弄東西吧。最近的人也都很沒公德，要做這種打擾到鄰居的工程也不會先打過招呼，真讓人困擾啊。」就在他說話的同時，牆壁那端又傳來搥撞聲，「我去請她們小聲點好了。」

正想和對方說這種力道應該不是一般女孩子可以敲得出來的，但才剛開口，虞夏就聽見窗台那端傳來細小聲音，瞄了眼走出去的屋主，他就逕自朝窗台走過去。

和隔壁一樣也是座花台，可以種點小花草和晾衣服使用，宋傑瀚夫妻在上面架了晾衣繩，下面就是幾個盆栽，不過和隔壁比起來，這邊的盆栽少了點，而且都推到一邊去了，剛剛的聲音好像就是從這邊傳來。

不經意撥了下，虞夏注意到角落邊的一個瓷盆栽出現了新的裂痕，下意識地伸手摸了摸那個瓷盆，沒想到一碰之後，那道裂痕突然往外擴展，像是敲過的雞蛋殼般整個脆弱無比，不用幾秒，那瓷盆突然應聲而碎，左右裂成了兩半，盆中的土也跟著潰散開來。

土一散，虞夏就發現這是新土，很鬆軟不像是要用來栽種植物的，上面的草葉也已經有點半乾枯了，還沒細想，他就看見土裡露出一小塊塑膠袋的邊角，往外一抽赫然就是塊硬碟。

探出上半身，虞夏仔細地將埋在盆栽裡的硬碟取出，似乎只有埋藏在裡面，看來並沒有任何受損。拿出硬碟後，正想回頭打通電話，他突然發現花台角落邊有隻蒼白的手掌從外按在花台邊緣，接著像是有人在外面收回手似地，緩緩地滑出消失。

「妳……」

才開口，一股巨大的力道突然從後方撞了上來，根本沒留意身後的虞夏整個人失去重心，就往花台外摔出去。

「眞抱歉啊，誰教你們這些警察閒著沒事做，到處找麻煩呢。」站在窗台前，宋傑瀚看著空蕩蕩的窗外，笑了聲：「員警蒐證，不小心自己失足從窗台掉下去，我們這些屋主還眞倒楣啊，不知道會不會變成事故屋。」

轉過頭，他拿起市內電話準備報警時，才奇怪怎麼沒聽見墜樓撞擊聲，一回頭就看見一隻手攀附在花台上，接著是應該摔下去的人，一個用力從外面撐上來，嘴上還咬著包著硬碟的塑膠袋。

幾秒之後，他看見那個應該要摔死的員警完好無缺地回到他家的花台上。

放下了硬碟，虞夏甩甩手，然後看向震驚的屋主，「你們這些渾蛋只會來這招嗎……不好意思，上次我被推之後就發誓不會有第二次了。」墜樓那次復元之後，他還特地重新鍛鍊肌力，沒想到這麼快就派上用場。

比起未知內容的硬碟、遇害經過仍是謎團的女孩，虞夏現在有更好的理由扣押對方了。

「我以殺人未遂逮捕你。」

□

「虞夏順利扣押了羅強和宋傑瀚兩個人。」

掛掉了通話，黎子泓看著蜷在副駕駛座上啃麵包的學弟，「現在就等程序下來。」

「一個有背景……另一個說不定也有。」咬著超商今天第二件五折的麵包，東風聽著車上廣播，是新聞台，今天的新聞重點之一還是死者家屬對外公布警方在調查的事情，警局外包圍了想要替大眾問出眞相的媒體，就算回答了無可奉告還是不會散去。「你們因爲這種情況錯失幾次案子了？」

「嗯？媒體？」重新回到車道上，黎子泓的方向是往車站而去，稍早時，他已經連繫了書記在警局碰面，他要先送東風去搭車後，再直接到警局取得那邊檢查出的各種物證和報告。

「嗯。」

「好幾次了，有時候是擅自透露凶手訊息，也有去訪問凶嫌家人親戚造成原本想配合的凶嫌翻臉。」無奈地搖搖頭，黎子泓說著：「小聿那次算是幸運，因爲太過重大，所以上面很重視，才全面壓下，只做普通的報導，否則王兆唐的事情很可能也會錯失掉。」如果當時小聿家的血案被放大炒新聞並不斷被緊盯追蹤，一定會讓王兆唐有所警戒，更快轉移走各個據點和生意，到那時候就不會那麼容易破獲了。

狀況更糟一點的話，不但聿可能會被追殺，連虞家所有人都會陷入巨大危機，當時黎子泓就是擔心這點，所以才藉著各種名義在虞家走動，盡可能地掌握狀況與評估安全性，畢竟他了解王兆唐的案子比虞夏更久，知道那個人還會下毒手；大概是認識久了，多少也知道對方的想法，所以嚴司也跟著和他們混熟，幸好之後王兆唐的事情得以解決，一直到最後他才鬆了口氣。

犧牲者，只要有一個就夠了。

「學長你現在的表情，好像是在憑弔自己誤害的人。」看著不斷往後退的窗外建築物，東風揉掉了塑膠袋。

「或許，當初一時不察，簽下申請，害死一名員警。」現在偶爾遇到王凱倫時，黎子泓還是會有內疚感，即使對方一點怪罪他的意思也沒有，但是自己卻無法不怪罪自己，「可惜的是時間不會重來。」

「所以學長你現在才會什麼案子都要親自跑才安心嗎。」

愣了一下，黎子泓露出淡淡的苦笑，沒回答這個肯定句。

車子就這樣沉默地繼續前進著，直到車站前才停下來。

「你眞的不要讓我載你回去嗎？」看著跟自己東奔西跑一整晚的學弟，黎子泓問道。

「免了，我很閒、你很忙，公車我會搭，你忙你的案子吧。」解開了安全帶，東風緩慢地開車門下了車，還順便抬了抬手上的袋子，「食物謝謝。」

「不用客氣，過兩天再去找你。」

送走了東風，黎子泓轉了方向，直奔另一個目的地。

不久後，他就看見被ＳＮＧ車包圍的分局大門。

爲了避免不必要的麻煩，黎子泓乾脆關上了車窗繞了一圈，從警局後面開進停車場，警衛認得他的車子，立刻就開了門讓他進入。

接下來之後的事情似乎進展得很順利，宋傑瀚攻擊虞夏是事實，所以立刻聲請羈押，而羅老闆亦同。

鑑識組在虞夏帶回的那塊硬碟中取得各種資料，包括和羅強類似的裸照、剪輯影片，還有宋傑瀚的網路社群，他在上面的好友有許多都是死者周遭的同學朋友，甚至連死者哥哥也被加入好友之中。他在網路上改名隱藏身分，融入了死者身邊所有的朋友群，每個人的好友名單中都有宋傑瀚的帳號，讓死者完全不敢向周遭任何一個人求助，因爲她不知道誰是眞正可以幫她的人、也不敢開口。

神祕的網友還未找到相關身分。

在所有手上證據初步匯集之後，地檢署與死者家屬向法院提出告訴。

但是他們還是沒有死者爲他殺的證據，只能暫時先提起死者生前的各種侵害和近幾日的攻擊告訴。

看似很順利的事情，事實上還沒完。

「羅強和宋傑瀚出去了？」

兩日後的早晨，虞夏收到這個消息，氣得他一早就在家裡摔電話。

難得早起的虞因下樓就是看到這幕，他家的室內電話差點被砸掉，「怎麼了？」邊打哈欠，他邊抓炸開的頭髮。

「……因爲他們只有性侵和傷害嫌疑，各自的律師力爭後，法院判定他們沒有逃跑串供疑慮且態度良好，昨天晚上讓他們交保候傳。」看著面目可憎的電話，虞夏整個就很想拿起來丟，「所以現在兩個人都已經放掉了。」

其實之前就有想過會有很大的機率是這樣的狀況了，因爲確定的只有性侵和攻擊部分，羅老闆找來議員和律師，宋傑瀚也找了律師和民代幫忙，背地裡也不知道還有做什麼，總之不算出乎意料，只是聽到時還是會讓人想抓狂而已。

虞因整個睡意全消了，「怎麼可以這樣！」

「沒辦法。」虞夏磨著牙，開始覺得沒先揍那兩人一頓太虧本了。

「可是宋傑瀚要殺你未遂耶！」那天回來得知事情後，虞因整個嚇到，然後虞佟就抓著虞夏唸了半個晚上。

「聽說，他的律師辯護宋傑瀚只是一時腳滑摔倒，不小心撞到我，當時我在陽台上並沒有親眼目睹他推我，所以殺人未遂什麼的都只是誤會，如果要控告殺人未遂，請先拿出他眞正動手推我的證據。」冷笑了聲，虞夏走進廚房幫兩人沖了熱茶，「而且律師認爲探出陽台我要自己負一半責任，如果不是因爲我探出去，宋傑瀚『腳滑』也不可能把我撞下去。」

「我看他是眞的狡猾，太狡猾了！根本是睜眼說瞎話！」虞因深深認爲這種人太可惡了，殺人還喊冤枉。

「看來會很麻煩。」虞夏對於之後的起訴之路很不看好。

「對了，大爸呢？」一早起來就沒見到虞佟，這讓虞因覺得非常奇怪，通常一早不見的比較可能是雙胞胎裡面的另外一個，也就是現在站在他面前的某人才對。

「早上接到電話先出去了。」看了眼大概也是睡意全消的虞因，虞夏想了想，還是告訴對方，「小聿也跟去了，他跟佟都很早起，準備早餐時接到醫院通知說葉翼醒了，大概是半個小時前的事。」他是正好起床撞見他們跑出去，虞佟說可以順便帶小聿過去回診，兩個人就這樣一大早出門了。

「咦！眞的嗎！」

「……是醒了，但是對外界沒有任何反應，可能是缺氧太久腦部傷害太大，也不知道會不會眞的清醒。」也是剛剛才收到回電，虞夏覺得那小孩實在可憐，如果以後就這樣了，那麼那天救回來對家屬而言究竟是不是好事，他也不曉得了。「另外，徐志高也醒了，不過是好消息，雖然傷勢還很嚴重，但似乎度過危險期、意識也已經清楚了，醫院同意可以進行對話，所以我等等要去徐志高那邊，你要一起過去嗎？」

「不用了，我今天要去學校。」抓抓頭，虞因有點遺憾地說：「不然請小鍾他們幫我點……」

「你給我乖乖去上課！」虞夏直接打斷對方的話，「不要蹺課！」

「好吧，那回來要跟我講進度。」聳聳肩，反正大概也沒辦法又蹺課跑去，虞因只好先幫自己預留一下晚上的進度時間。

瞇起眼，總覺得哪裡怪怪的虞夏思考了幾秒，才把怪異感壓在心裡，「你今天也太乖，這麼好講話，就不要又給我出現在現場！出現就打死你！」因爲太多前科了，越合作就讓他越感到不對勁。

「什麼！我這麼認命也被嫌！那我乾脆去現場好了！」沒想到他家二爸如此不相信他，

虞因被打擊了一下。

「只好現在先打起來放了。」虞夏亮出拳頭。

「什麼叫作打起來放，家暴！這個是家暴！」

「又不是第一天家暴了，快點去打電話報警啊。」勾住虞因的脖子，虞夏直接用拳頭磨對方的腦袋。

「痛痛痛別玩了……二爸你不是還要去醫院嗎！不要浪費時間了快點去，不然徐志高萬一又不能問話就慘了。」連忙掙脫出來，虞因逃到門口外說道：「就這樣啦，晚上見！」

「你自己小心點。」

「好。」

這就是這天虞夏最後一次看到虞因的行蹤了。

□

上午八點，病房中聚滿了人。

「嗯……有看到喔……」

躺在床上的小男孩看起來特別瘦弱，蒼白的面頰一點血色也沒有，但還是很努力地回答身旁員警的問話：「我想說偷看一下……小翼不敢、躲在樓梯裡……」

「上次你醒來的時候，說看見了房子裡面的人在爭吵，可以告訴大哥哥們詳細一點嗎？」摸著男孩的額頭，協助警方的護士把錄音筆放在枕邊後小心翼翼地詢問著：「慢慢想，不用怕，這邊都是救你的警察哥哥們，一點都不可怕，警察哥哥們都是好人。」

「是啊，等你身體好了，大哥哥還可以講笑話給你聽喔，平常小朋友要聽還聽不到。」來湊熱鬧的嚴司很親切地咧了笑容給對方看，「還是你要把你爸爸剁剁剁，大哥哥也可以……嗚喔……」後面的話被旁邊的某檢察官一肘子撞掉。

瞪了嚴司一眼，黎子泓才轉回床上的徐志高。

「嗯……我記得，那天……叔叔說我偷錢，要打死我……可是我沒有，錢他自己花掉、他忘記……所以我不敢回家，小翼說陪我到叔叔氣消……我們去了大樓，比看看誰先爬到最上面……然後吃飯糰，聽到尖叫聲……」頓了頓，徐志高喘了幾口氣，旁邊的護士拿了棉花棒沾水，小心地擦在小孩的嘴唇上，然後才又繼續：「一個叔叔把提著袋子的姊姊拖進去屋子裡……賤女人、敢想殺我，啪地好大聲，姊姊哭出來……然後一個阿姨從電梯跑出來……幫忙把姊姊拉進屋子，門沒關好，我跟小翼很害怕，裡面吵架吵好大聲……門沒關好所以我跑去看……姊姊拿著刀、上面有血，然後叔叔和阿姨和姊姊吵架，刀子掉出來……姊姊被他們罵到陽台，然後絆倒，阿姨就把她推出去……叔叔也幫忙……然後姊姊掉下去……我就跟小翼逃走……」

「你還記得吵架內容嗎？」和虞夏交換了一眼，黎子泓問道。

「姊姊一直說不要再這樣了……要叔叔把檔案都消掉……她不要再被碰……然後叔叔說她以爲她可以談條件嗎……他要把照片和影片……貼到所有人的分享空間，學校什麼的地方……」看著幾個大人，徐志高眨著稍微退腫的眼睛，「姊姊爛掉了，貼在地上，都是血好可怕。」

「沒事了，快點忘記那種畫面吧。」黎子泓低聲說著：「你們離開時有被看到嗎？」

「嗯……那個叔叔轉頭、看到我，我也看到他……然後我就跟小翼逃走了，他的臉好凶，好像也想把我們丟下去……」

「他怎麼會看到你？你不是在門外嗎？」黎子泓記得大門到陽台並不是可以直接看到的角度，要進門才能完全看見陽台。

「刀子掉過來，我偷偷進去撿刀子……」徐志高有點緊張地看著大人們：「我怕、怕叔叔要打死我……所以想把刀子拿走……可是回家時被叔叔看到……叔叔就一直打我……」

「你撿了現場那把刀？」虞夏瞇起眼，「刀子現在在哪裡？」

「叔叔拿走了，但是應該在家裡。」

打了聲招呼，虞夏直接走出病房打電話調派人手去一趟房子。

「你做得很好，好好休息吧，把傷養好了健康長大，我們會再來看你的，不用擔心其他的事。」幫男孩拉好被角，黎子泓站起身，「最近會有幾個姊姊來，她們會幫你安排到新的家，你叔叔不會再打你了。」

徐志高點點頭，就在黎子泓和嚴司要離開時，他突然開口叫住他們兩個：「……另一個大哥哥會再來嗎？」

「另一個？」嚴司歪頭：「哪一個？剛剛出去那個嗎？」

「不是，另一個大哥哥……頭髮鬈鬈、棕色的。」

皺起眉，黎子泓把嚴司拉開：「你什麼時候見過他？」照理說，虞因和東風把人救出來時，這個孩子已經陷入重度昏迷了，清醒後根本也沒看過其他人，不應該會知道虞因才對。雖然說他們在大樓曾擦身而過，但對小孩子來說，應該不會記得那時候的路人，甚至在急著逃走時也不會去留意對方。再怎樣說，他問起虞因就是不對勁。

「不知道……我和小翼還有一個小姊姊在一起玩，然後看到大哥哥好幾次……小姊姊還跟大哥哥說了好幾次話，然後大哥哥叫我們要回來……還把我牽回來……小姊姊說小翼迷路，不一定會回來……然後我就醒了……」微微轉過頭，徐志高看向門外，「那個大哥哥跟剛剛出去的大哥哥在一起啊……小姊姊說是頭髮鬈鬈的大哥哥救我的……」

按著黎子泓，嚴司不動聲色地微笑問道：「那你還記不記得小姊姊有跟那個鬈鬈大哥哥說哪些話呢？」

「嗯，記得。」徐志高很認眞地開口——

「你無法每個人都救的。」

□

「玖深，電話喔。」

夾著報告，玖深快步從阿柳手上接過話筒。

等到同伴講完掛斷之後，一旁的阿柳才很好奇地詢問：「電信局？」

「嗯，黎檢調通聯記錄，有幾件語音信箱傳給我們，宋傑瀚他老婆另外一支手機裡面的語音留言通通都是發給死者的，很多都是指定死者什麼時候要過去他家，也有一些警告死者不能說出去之類的話，很頻繁，看來他申辦第二支手機是給死者兩人通聯專用的，他老婆到底知不知道這件事啊……」玖深嘖了聲，先跑去電腦邊收信件，「還有他老婆的位置已經定位了，她這兩天撥了不少通電話給別人，鎖定在南部一帶，老大應該報請那邊的分局幫忙先抓人。」

「看來應該很快就會有結果了，最近連墜樓事件都不單純，工作量好大，累死人。」用力伸了伸懶腰，這幾天也幫忙加班開夜車的阿柳揹著肩頸，「我和我乾兒子的電影約都不知道推延多久了，這兩天再不去看就只好等二輪，眞慘。」

「你跟我換班吧，我本來明後天就有排假了，你先休。」手上部分作業也告一段落，玖深算了一下數量，自己來也還可以，「回來要跟我說好不好看喔，我想收片子。」

「那就先感謝啦。」環顧了一下工作室，阿柳想了想，決定還是不要問對方眞的可以一個人待沒關係嗎，前兩天才縮在角落而已。某方面來說，玖深這種一認眞工作起來就暫時又忘記不科學事情的脫線性格也不錯，起碼先順利工作完才想起來去後怕……嗯，還是不要提醒他比較好，不然等等馬上不換假。

萬一他說還是想放假去求個什麼平安符，阿柳會很扼腕的。

「對了，老大說派人去搜徐志高住的房子，等等應該會再來批刀。」完全沒感覺到自家同僚的憐憫目光，玖深把收到的檔案整理好列印出來，「不知道爲啥眼皮跳個不停，該不會又有什麼不科學的東西會跟刀子回來吧……」幾次下來，他眞的覺得自己工作部門的阿飄風險超高，下次休假眞的應該去廟裡走個幾圈，看看到底是不是流年不利，爲什麼都集中在這陣子呢？

「應該不會吧，就算有跟回來，看見的機率也沒那麼大啦，你看我們做那麼多年也才遇到幾次，足以證明機率偏低。」比較起來根本不擔心這碼子事的阿柳，拍拍對方的肩膀，安慰道：「這就跟蟑螂一樣，人生總是要遇到幾次，習慣之後就會覺得很自然了。」

「誰看到蟑螂很自然！還要熱烈歡迎牠爬過去嗎！」整個發毛起來，玖深完全不覺得那種不科學的東西可以和動物類畫上等號，「還有，看到蟑螂根本不會習慣成自然！」

「越在意這種小事越容易碰到喔，玖深你一定是走在路上隨便都會踩到蟑螂的類型。」

「不，根本沒有，而且我完全不在意路上會不會踩到蟑螂。」一秒否認友人的話，玖深覺得有必要把自己介意的點解釋清楚，「我只在意路上會不會碰到不科學的東西。」尤其是人生路上。

「都成年人了有什麼好怕的。」阿柳搖搖頭，不理解做這種行業還會怕成這樣到底是什麼道理。

「你們這種都不怕的才奇怪……」正打算抗議一下，玖深停止了交談，仔細看著螢幕。

「怎麼了？」湊過去電腦旁，阿柳看到螢幕上跑出了很多圖片檔案。

「剛剛在破解光碟密碼，羅老闆那邊不是搜來一堆光碟嗎，打開之後就跑出這些了。」點開了那些圖片檔，玖深皺起眉，上面是一張張偷拍照片，「這好像是死者和宋傑瀚嘛。」

「看來是用這些威脅死者的吧。」看著整批整批的照片，除了兩人的偷拍照以外，還有更多是偷拍死者住家的照片，角度都是從幾個定點。「羅強有架設攝影機偷拍死者住家。」幾張照片裡都照出了譚家，還有譚父、譚母的相片，數量之多，讓玖深不由得皺起眉，當中最多的還是偷拍死者，連從外面偷拍房間內的更衣照都有。

「未免也太危險……咦，等等，這張停一下。」阿柳拍著友人的肩膀，畫面就停在一張定點照上，那是從對街拍攝的照片，拍攝時間大約是一個月前左右，鏡頭正對著小吃店和譚家等建築物，正好將街景都收進去。照片中的天色半昏黃，小吃店還開著，客人也很多，看上去應該是傍晚時間，店家外面還停了幾台汽機車在等待，當中有個穿黑衣服步行的背影相當眼熟。

玖深的注意力也被那個異常眼熟的背影吸引過去，看樣子應該是個男性，不是在看小吃店店家而是抬頭看著二樓，下一張照片則是往小吃店內中探望，連續大概了四、五張，人就不見了。

越看越熟悉的背影讓玖深打從心底毛了起來，之所以會那麼熟悉，是因爲不久之前連續殺人事件當中，他們幫忙看了很多影片與照片，都是在追蹤這個人。

「爲什麼蘇彰會出現在那邊？」

□

上午九點，虞佟站在宋傑瀚家門口。

從剛剛開始，按電鈴就一直無人應門，一邊的聿歪著頭，好奇地打量四周。

「……似乎不在家。」莫名有種不太好的預感，虞佟深呼吸了下，只好打電話回去報告宋傑瀚不在家中的消息。如果是出去買東西倒還沒事，就怕他已經不打算回來了，那天虞夏將他扣押回去時的確說了對方正在整理住家。

剛才從葉翼所在的醫院離開之後，虞佟收到了負責徐志高那邊員警打過來的電話，也知道男孩口述的那些事情，所以他直接朝大樓這邊來，要將宋傑瀚帶回警局釐清這些事情。

就在虞佟考慮著要不要先離開時，另一端的門突然打開了。

「宋先生昨天晚上就出去了喔。」穿著洋裝，似乎也正要出門的唐雨瑤一看見他們就開口：「昨天晚上我剛回家，正好看見他出門呢，大約十一點多時，還帶了行李箱，出門時不知道在和誰講手機。」

「謝謝。」感到一陣無力，虞佟就知道讓他們交保沒什麼好事。

「不用客氣，上次的燉肉好吃嗎？」露出美麗的微笑，唐雨瑤和一旁的聿打了招呼，繼續轉回虞佟身上。

「啊，那天後來我有其他事情，不小心將東西遺失了。」對方一提虞佟才想起來，那天只記得和小海搜垃圾場，回來後徹底忘了保溫鍋的事，現在要回去找恐怕也已經被當垃圾處理掉、或是被撿走，已經找不到了。「很抱歉，請問保溫鍋的費用，我會照價賠償的。」

露出一絲失望的表情，唐雨瑤馬上就恢復笑容，「沒事，不用賠的，那個保溫鍋是之前同事送的喬遷賀禮，沒關係的，我平常並沒有在使用，請不用放在心上。只是想問問您味道如何呢，昨天宋先生出去時我也送了他一小鍋，真希望能合他的胃口。」

看著美麗的女性，虞佟有點愧疚，「真是不好意思。」

「沒關係的，那麼希望下次您能嚐嚐，做好新的之後我送到警局去給您吧。」看了一下手錶，唐雨瑤笑著朝他們兩個點點頭，「我還和人家有約呢，說好了，下次見囉。」

「路上小心。」

目送走了唐雨瑤之後，虞佟才鬆了口氣。

從頭到尾都站在一旁的聿好奇地看著他，又看了看電梯的方向。

「只是位很熱心的民眾，似乎對警察充滿好奇心。」虞佟勾了笑，這樣說道。

很想回說對方其實只對你有好奇心吧，聿搖搖頭，搞不懂當初爲什麼阿因的媽媽會和他結婚，某方面來說，虞佟的遲鈍度不比虞夏低，兩個人都一樣。

那個感受點低的虞佟看著緊閉的門，露出困擾的表情，「我想我們先回局裡吧，這時候阿因應該也起床了，你要去學校附近等嗎？」

聿立刻點頭。

正打算離去時，他們兩個就聽見屋子裡傳來了走動的聲音，接著門鎖發出幾個聲響，突然開了一條縫。

這種狀況不算陌生，之前也遇過類似的，聿很直接就推開門，一點也不客氣地直接踏進屋子裡。看到自家小孩竟然跑進去，虞佟也連忙跟上去。

屋子裡靜悄悄的，一點聲音也沒有，一進門，虞佟就看見屋內亂成一片，房間的門也都打開著，部分衣物散了一地，完全可以想像得出原本住在這裡的人離開得有多匆忙。在屋內走了一圈後，値錢的物品都不見了，存摺證件等也全都沒留下，保險箱已經被打開了，裡面的東西一件也沒有。

「看來是眞的走了。」拾起了掉落在地上的小杯子，虞佟嘆了口氣。

蹲在地上，聿看著地板有一些好像被什麼利器刺出的痕跡，之前大概被家具蓋住了，桌椅移位之後就顯現出來。

環顧了室內，也不過幾天之前還在這邊喝過茶的虞佟無奈地搖頭，正要拉回視線時，突然看見電話旁邊的小籐籃，他還記得宋傑瀚說過他太太喜歡整齊，一些小雜物都會整理好，就算是發票也都整整齊齊地放置著。

抽出了籐籃裡面的發票，虞佟仔細檢查著，果不其然找出了一張賣場發票，就和監視器上死者結帳時間一模一樣的發票，金額、物品全都符合，翻過來之後，發票背面還有一小滴血跡，看來像是噴濺上去的，不仔細看還以爲只是小污漬。

「小聿，先出去吧。」拿起手機，虞佟再度撥回局裡，「不要破壞現場。」

聿點了頭，正往外退時，一股冰冷的風突然從陽台吹了進來，拂過他的臉，帶著淡淡的血腥味。

反射性地隨著風向轉過視線，空蕩的屋裡依然什麼也沒有，但很明顯地，聿感覺到自己似乎碰到了什麼，冰冰冷冷、像是冰塊般的觸感，輕輕地擦過他的身邊，走出了這間屋子。

他看不見，無法追上去，本來在這裡的東西走掉了。

「怎麼了？」

看著突然僵住的孩子，虞佟拍拍他的肩膀。

「沒……」也不知道爲什麼，聿總覺得哪裡怪怪的，他感覺得到那東西是眞的走了，好像是因爲某種原因離開的，但不太像那種安息離開的感覺，撞到他的那一下冰冷匆促，像是要趕著去某個地方。

第一次有這種感覺，如果他也看得到就好了。

「那麼，我先載你過去學校吧。」

□

這件原本判定自殺的案子，在午間新聞中被爆出疑似他殺，同時也牽扯出性侵。

報導出來之後民眾譁然，記者們蜂擁到學校和住家不斷詢問著同學、師長有沒有感覺到死者的異常，爲什麼這麼接近死者都沒發現她被性侵等等，在住家訪問著氣憤的譚家人，還譴責警方竟然讓加害者交保離開。

在螢幕上，譚父、譚母發誓要凶手血債血還，要性侵的人不得好死。

「到底又是誰把消息洩露出去啊——」關掉電視，虞夏超想掐死去報新聞的人，他們都還沒拘提到嫌犯，現在媒體已經把警局外面包圍了。

「總是會有這樣的人。」苦笑了下，剛進來的虞佟將提袋放在桌上，幾個飯糰從袋子裡滾出來，「你們應該也還沒吃午餐吧。」

「嗯。」黎子泓接過對方遞來的茶水，翻著桌上的資料本，「葉翼狀況如何？」

「醫生說復元機率一半，或許會就這樣醒不過來了，但是小孩子原本身體細胞就比較年輕，說不定有再生復元的可能性。總之也是有發生過植物人在十年、二十年後突然醒來的案例，所以要抱持著希望。」虞佟稍微轉述了下上午在醫院聽過的話。

「這不是廢話嗎，不是醒就是不醒，當然就是一半，哪屆的同學這麼唬爛人啊。」拿著包口糧在咬的嚴司嘖了聲：「最近的醫生連幾成都不敢說了，大概是被告怕了，所以給個模稜兩可的答案，讓家屬自己去破天機吧。」

「沒辦法，現在社會太危險。」微笑了下，虞佟在會議桌邊坐下，「目前蒐證到的應該已經足夠羈押宋傑瀚了？他的犯罪事實已經很明顯，除了性侵之外，還偕同妻子殺害譚雅芸、僞造成自殺，當初在陽台上喊跳樓也只是要誤導大樓住戶，實際上譚雅芸住處根本沒有跳樓的遺留痕跡。」

「鑑識組已經在清查宋傑瀚的住處，應該很快就會有更多證據了。」黎子泓看著手上重新擬的起訴書，「法院上午雖然開出傳票，但是估計沒有用，宋傑瀚逃走確認是事實的話，我想聲請通緝和限制出境應該很快就可以過了。」

「眞麻煩，不要放掉就好了，到底是誰讓他們候傳的啊。」也不過才差一晚，虞夏整個煩躁了起來。

「……既然已經放了，只好盡量彌補，宋傑瀚昨晚離開的，那麼應該走不遠，就算是要潛逃出海，聯繫也必須要幾天，我想應該還可以追得到。另外要盡快將他太太帶回來，她也是涉案人。」但是案發之後，他們就沒見過宋傑瀚的太太，宋傑瀚一直都宣稱他太太出差，這讓黎子泓不得不懷疑先走的女性很可能是先去鋪路。

「結果還眞的又一跳跳出冤情了。」綜觀整件事下來，嚴司不得不認同前室友的多心，果然那個被圍毆的同學就是盞紅燈，紅燈亮起肯定有重大事故，可謂百試不爽。某方面來說，這還眞是活動型的事故產生機，眞是太刺激了。「對了，被圍毆的同學今天應該是上課吧？」

「我出門時，那小子正要準備去學校，應該是下午兩節就下課了，小聿在附近等他。」虞夏咬著飯糰，有點疑惑：「阿因又幹什麼了嗎？」

「沒事，隨口問問，根據經驗，我還以爲被圍毆的同學會像小狗一樣跟阿佟或是老大去醫院咧，沒想到他竟然沒去，眞是太意外了。」笑笑地回答，嚴司聳聳肩，頗感意外，「葉翼的事情，被圍毆的同學應該不太好受吧？」畢竟是小孩子受害，而且就發生在眼前，一般人都會受不了那種打擊。

「前兩天是很難過，看得出來心情相當不好，但是今天似乎已經釋懷了。」也不知道爲什麼，虞夏就是覺得怪怪的，自家小孩調適的狀況出乎他意料之外，今天早上還在跟他打鬧，看起來好像是沒事人了。

「或許是遇到太多次，已經學會自己調整情緒了吧。」虞佟淡淡地說著。

「你眞的這樣覺得嗎？」嚴司盯著根本就是一臉心事的友人。

「唉……」不太想承認，但是虞佟希望自己的孩子是眞的調適好，而不是去做其他事情來消除自己的打擊……那種他們無法插手介入的狀況。

「反正今天晚上我也沒事，那晚上我去找小聿他們玩喔。」興致勃勃地想著晚上要去玩什麼比較好，嚴司很歡樂地說。

「麻煩了。」虞佟點點頭。

「刀子找到了嗎？」翻著手上的鑑識文件，黎子泓直接跳過剛剛的話題。

「他家搜出來六把，給徐志高辨認過了，確定其中一把是從大樓帶出來的，現在全部交給玖深他們去檢驗了；另外徐志高的繼父確定有吸毒，同時從他家中起出了一些吸毒器具，以及下游的電話，轉交給凱倫他們去追查了。」虞夏翻開一樣的文件，說道：「幸好還是常見毒品啊，最近都怕聽到新的。」

將下游資料轉交給凱倫時，對方很輕鬆說了句「這個他們有在盯，最近要撈起來，就交給他們處理吧」。

「因爲新聞的關係，幾個家庭都表示願意接受徐志高，小孩應該也沒問題。」這部分黎子泓就比較放心了。

「玖深他們在葉翼的衣服上提取出手印，抓到宋傑瀚之後就可以比對了；另外大樓樓梯間和十四樓也分別採集到小孩子的鞋印，證明徐志高他們當天的確在那裡，再比對門上的指紋就可以確定了。」到目前爲止已經確定宋傑瀚夫婦殺死譚雅芸，所以果然快點把人抓回來才是重要部分。虞夏頓了頓，「羅老闆那邊，家屬堅持控告性侵和威脅部分，另外羅老闆私自架設攝影機偷窺他家也要追究。」

「可惜的是，性侵和偷窺實在判不了什麼罪。」嚴司搖搖頭，嘖嘖了聲說道：「表現良好的話，大概很快就能出來了，到時候大概又是條好漢，不知道以後會不會再犯啊。」而且在這之前，法院都不知道要走幾趟，搞不好還要拖個一陣子才可以定案，之後對方可能還會再上訴，來來往往大概還有點時間。

「這也不是我們能決定的事，只能做好自己的部分了。」黎子泓嘆口氣：「繼續吧。」

他們也就只能盡力做自己的事了。

11

晚間九點，在嚴司脫身前往虞家之後，才聽到第一手驚人的消息。

「被圍毆的同學不見了？」

進到客廳後，一屋子的大學生和聽到的事情都讓他整個訝異。

「嗯，今天沒有去上課喔。」送聿回來的阿方說道：「我們才覺得奇怪，他平常蹺課還會打電話叫同學幫忙點名，但是今天沒有人接到他的電話，打他的手機也都不通。」他下午打完球後才發現聿在飲料店，以爲對方像平常一樣在等虞因下課，好心地去他們班上帶話才發現虞因今天並沒有進教室。

「小鍾也沒接到電話，我們還以爲又去警局了。」阿關也覺得很疑惑，他最近看對方不是很有精神，今天才想問他要不要去湊一腳聯誼說，沒想到人竟然沒來。「可是打電話去問，那邊的人也說沒看見阿因，所以下午我們就在附近找了一圈，都沒找到人，也沒看到他的摩托車。」

「問了阿關以外的狐群狗黨，也都說沒有人看見喔，外校玩在一起的其他狐群狗黨也

都沒看見，美髮院那邊也沒有。」一起跟回來的李臨玥看向一臉擔心的聿，拍拍他的肩膀，

「我們也是剛剛送弟弟回來，等等要再幫忙出去找人。」

「我有請我妹妹幫忙留意一下了，希望沒啥事。」阿方嘆了口氣，前兩天才叫他要小心點，沒想到馬上就不小心了，「怎麼偏偏挑在一太不在的這兩天。」

「那個很神的小弟不在？」嚴司挑起眉，本來還以為這幾個學生聚在這邊是要展開什麼第幾度空間追查大會。

「前天被東部的朋友叫出去了，說有什麼急事，也不知道去到什麼地方，手機收訊很差，根本也打不通。」阿方抓著腦袋，覺得這種時候眞是太不湊巧了。

「沒有留下三個錦囊之類的東西嗎？」看來也是有不神的時候，嚴司順手撥了通電話回警局，打算先告知虞佟這件事。如果幾個小孩子說的不錯，那就是虞因早上出門之後馬上失蹤了，可能因爲亂跑的不良紀錄太多，所以同學們才還沒報警。

「……沒那種東西，不過一太出門前是說應該不會有什麼大事，所以我就沒特地問了。」也沒想到一太居然沒提醒他們，阿方覺得有點頭痛，如果是平常，他們大概也不會這麼緊張找人，但是這幾天不太一樣，身爲朋友都有義務要幫忙，但卻不知該從何下手。

「奇怪了，被圍毆的同學起碼也不會丟著小聿不管……」深深覺得很有問題，嚴司思考

了下，「先拜託你們幫忙了，我回去找老大他們調路口監視器比較快。」

坐在沙發上的聿看到嚴司轉身要離開，急忙跑上前拉住人。

「你也要一起去？」嚴司瞇起眼，「被圍毆的同學回來又找不到人怎麼辦，而且你還受傷耶小朋友。」

「我在家裡等他好了，小聿跟著醫生應該也沒關係吧。」李臨玥舉起手，「你們快點去找吧，這種時間還聯絡不上實在是不太好。」如果是普通人就算了，但是虞因最近倒楣是大家有目共睹的，還是先找找比較好。

「那好吧。」

領著聿離開屋子，正要出去開車的嚴司一打開大門，就被蹲在門口的東西給嚇了一大跳，「哇塞！要我死也不是這種方法，小東仔學弟你這樣遲早有人會被你嚇到天堂的，難道你跟被圍毆的同學其實有仇嗎，這樣趴在他家門口。」

本來只是蹲著休息一下的東風，一聽到惹人厭的聲音立刻起身，站直後露出厭惡的表情，「你怎麼會在這裡？」

「哼哼，論交情，我跟被圍毆的同學認識比你早又久，他家我也不知道來幾百次了，羨慕吧！」嚴司扠著手，露出很得意的表情。

「呿。」既然有討厭的人在這裡，東風也懶得再進去找人，直接頭一轉，攔住了剛剛載自己來，正要離開的計程車。

「等等，小東仔學弟，既然你也來了，乾脆也來一趟尋人之旅吧。」直接勾住想逃跑的人，嚴司無視對方的掙扎說道：「被圍毆的同學不見了，既然你沒事幹，也來幫忙找人吧。」

「不認識。」根本不知道他在講誰，東風努力抓開對方的勾脖之手。

「虞因啊，阿因同學。」感覺到手下的掙扎停住了，嚴司才鬆開手，「他今天早上出門之後人就不見了，也不知道跑哪玩了，一起幫忙找找吧。」

「最後在哪裡看到他？」皺起眉，東風回問。

嚴司比比身後的房子。

「他家。」

□

他嗅到的是濃濃的血腥味。

依稀記得自己的確是打算去學校，送虞夏出門後，他整理好背包、甩了鑰匙走出家門，到這邊爲止都還沒問題，之後就是在巷子等紅綠燈時，突然一個暈眩，眼前整個發黑，直到被後面的車子按喇叭之後才勉強好了些。

蹲在路邊休息一陣子後，本來想繼續往學校前進，但等他回過神時，摩托車已經停在連自己都認不出來的狹小巷弄裡。

依據經驗，他大概知道發生什麼事了，所以就暫時先將車停好、鎖上，想先聯繫上其他人幫忙。

伸出手，卻發現手掌全都是血，鐵鏽味充斥著嗅覺。

昏昏沉沉時，他聽見有人在附近講話的聲音，熟悉的聲音、叫罵的聲音。

「幹！那兩個警察到底是在查什麼查！他上面的檢察官你們不認識嗎……啥小我也有錯，幹！那賤女人他們全家都欠我的，幹他女兒是剛好，那個聖女在外面還不是腳開開給人上……不管了不管了，你想辦法喬平這件事，恁北給你那麼多錢就是給你找人泡茶的，別忘記你這個位子恁北也出了不少力……好啦好啦，罰金可以多繳一點，給我喬平就好了！」

這樣不對。

她不是自願的。

她是被威脅的，他拿照片恐嚇要貼滿整個社區、要寄到她學校、要放大送她父母、要讓全世界都看看她做的好事。

她只能哭著求他不要。

他們都要她不得聲張，連一個人都不能說，否則所有同學都會知道這件事情，他們會將她的照片傳遍整個網路，他會告訴她什麼叫作不小心瓦斯爆炸的意外，他們要她只能像以前一樣生活，對同學笑、對周遭人笑，對所有人笑，但是進到隔壁的屋子裡、她的房間裡，她就必須要將衣服脫掉。

她、好想死。

她好想他們死。

爲什麼別人無法了解這種恨，爲什麼新聞上別人都判決給他們新的機會，爲什麼這些人可以很快就重新做人？

爲什麼「別人」無法讓她回到過去那個喜歡書、沒有任何煩惱的自己？

她很骯髒。

他們很污穢。

但是她在下地獄的時候，他們卻可以重來。

這種恨意要向誰訴說，誰會知道，爲什麼不可以「即使死，也將他們一起拉進地獄」。

她流下淚，伸出沾滿自己鮮血的手。

「你是誰！」

站在巷口的熟悉面孔露出了錯愕的神色，看著她滿手的血不知所措，「你、你是車禍嗎……大學生、注意一點，哪來的啊……這麼不小心。」

「爲什麼你……不用受到懲罰？」她看著噁心的人、噁心的身軀，還嗅到了讓她想吐的油汗味，她就是被這種身體壓著無法抵抗，只能蜷起身體哭泣。

現在她死了，他們還在。

「你在說什麼鬼！」

「你威脅我，要殺死我爸媽。」她聽見，屬於她自己的女性聲音，讓對方閉上嘴巴、驚恐聽著她的聲音：「你看看我……都是血……都是血……」

「少在那邊裝神弄鬼！你到底要衝啥小！」往後退開好幾步的人發出憤怒的咆哮聲，在這種小巷子，連路人也沒有，他急急忙忙地從地上撿起石頭，威脅性地揮舞，「再過來！恁北就給你死！」

「我恨你們……」

她不想等到所謂的制裁，她知道那無法抹滅自己的恨，至死之後他們都不曾悔改，紙張上的判決對他們來說又算得了什麼。

她、好想他們死。

但是，這樣是不對的。

他按住自己的頭，用力地想甩掉暈沉感，「不對，我大爸他們正在幫妳……不行……一定會給妳一個交代……」

冰冷的手從後伸出來，遮住他的視線，血腥味濃濃地蔓延開來，指縫微光中他看見的是張摔得稀巴爛的淒慘面孔，紅色的血液不斷滴落，怨恨的眼珠幾乎就貼在他面前。

我不想死。

我不想死——

「一定可以幫妳的……唔！」

正想勸說對方時，一股劇痛從額頭爆開，他往後踉蹌了幾步，看到石頭掉下來，落到自己腳前，他整個人被砸得暈眩，差點就腿一軟、跪下來。

「管你是什麼人！想要威脅我、鬥都沒有！」拾起旁邊的另一顆石頭，赤紅著眼睛的人朝他砸了過來。

應該要避開的，不然回家一定會被揍死，但是他的身體異常沉重，完全不聽指揮，腦袋也昏到快要失去意識了，眼前模糊一片。

身體失去重力地往後一退，撞在巷子的牆壁上，正等著另一次劇痛襲來時，拿著石頭的人突然臉色翻白、兩眼一吊，整個軟倒在地，手上的石頭也整個落下去，滾到旁邊。

迷迷糊糊之間，他好像看見出現了另一個人，成年人、男性、戴著帽子，帽子壓得很低，完全看不見面孔。

對方好像說了什麼，他一點也沒聽清楚，只覺得對方的語氣有點驚訝。

恍惚間，只聽見女性的聲音——

爲什麼他們都不死掉？

好想殺死他們……

我好髒、我好怕，我不想看到他們……

「小芸？」

他好像聽見那個成年人在跟誰對話。

然後對方抓住他的肩膀，很清晰地說了一句話：

「我一定幫妳。」

□

虞因覺得全身都很沉重。

恍惚之間，有人把他架上車後座，車子裡有種淡淡香氣，聞不出來是什麼味道，那種香和自己身上的血味混合在一起，很快地就被壓了過去。

將他架上車的人，拿了不知道什麼東西擦他的額頭跟手，接著抹了某種藥品，做起了簡單的包紮。

他透過車窗玻璃，看見的是黑暗的天空。

幾點了啊……？

這個時間，小聿應該已經在家裡了吧？

包紮過後，車子就被啓動了。

他看見前座有個人影晃動。「誰……」視線整個很模糊，呈現了灰黑色，連背影都是很勉強地分辨出來，更別說其他東西了。

對方調整了後照鏡，白色的小魚吊飾晃動著。

「ＢＢ，我會幫妳。」

男性的聲音從前座傳來，不知爲何虞因覺得很熟悉，有種不屬於自己的哀傷瀰漫開來。

「死掉能做什麼事，把自己搞成這樣，還不是什麼也做不了。」聲音再度響起，平板得一點情緒也沒有，「不過算了，總之，送兩個人下去給妳吧。」

「不對……不是這樣……」抗拒著暈眩感，虞因努力地不想閉上眼睛，他隱隱約約知道閉上會發生什麼事，「要交給警方……」

「你啊，還眞有趣。」車子一個轉彎，拐進了不同的道路，「既然都來了，就好好地看戲吧。」

「不對……妳不能……」

感覺到呼吸有點困難，虞因掙扎著，卻被人緊緊地按在椅子上，血紅色的面孔逼近他，不讓他反抗，深具恨意的視線看著他，血腥味糾纏在空氣中始終不願意散去。

他看見，車窗外的女孩拍打著窗戶，想要靠近他，卻被遠遠地甩開了。

血腥味慢慢地沁入他的身體，血液跟著逐漸冰冷，他很想抗拒，但是劇痛和暈沉不斷扯著他的意識向下沉淪。

黑暗時間的流逝變得混亂，虞因不知道自己在車上待了多久。

幾次有意識時，都是被車主給搖醒，迷迷糊糊被餵了不知道是水還是什麼，他覺得嚥下的不管是哪種東西，都帶著股濃濃的血味，然後又繼續昏睡過去。

有一、兩次，開車的人好像在他手上打了針，讓他覺得更加沉重疲憊了。

也不知道過了多久，車子停靠下來，還很仔細地挪好位置，屬於清晨的濕冷空氣在打開車門那瞬間湧了進來。

虞因被冷了一下，稍微恢復了知覺，發現身上被蓋了很厚的一件外套，車主卻不見了。車子停在一處很像停車場的地方，附近還有幾輛車整齊排放；天空是暗藍色的，周圍起了淡淡的霧。

摸了摸口袋，手機、錢包之類的都不見了，想要移動也使不上力，想推開車門才發現自己被安全帶綁著，車子似乎上了中控鎖，無法打開。

他半躺在後座，腦袋混亂沉重得不知道應該要做什麼，似乎有某種東西剝離他的思考能力，他就只能靜靜地坐著。

然後，劃破這片寂靜的是短促的喊叫聲。

仔細聽，好像是什麼人想要求救發出的掙扎聲響。

那陣聲音很快就消失了。

接著沒多久，車門被打開，他看見有個穿大衣的人坐了進來，頭上的帽子壓很低，轉過來看他時，虞因只看見完全沒五官的一片空白。

什麼都沒有的臉部轉回去，啓動了車子，悠悠地滑出了停車格。

他看著窗外，地面上有血。

車子經過的停車場上倒臥著一個人，頸部位置冒出大量血液，那個人很努力地爬動著，但是已經發不出聲音了，在他身側的地面上，有把染血的美工刀，被推出的刀片已經斷成兩截了，泡在一灘血水裡。

「會變成這樣，你們也要負點責任。」坐在前座的人傳來了聲音，「本來這兩個人早該死了，拖延到我的時間，到現在才可以下手。」

「不應該死……」無力地靠在車窗上，虞因看著遠去的停車場，街道上路標的字無法看清楚，根本不知道自己在哪裡。「他們……」

「省省吧，你以為你可以誰都救嗎？普通人就算了，你們還想連這種不知悔改的人都救啊？什麼莫名其妙的好心。」車子顛簸了下，似乎開上了崎嶇的小路，「果然是一群好人。」

「並不是……」

並不是這樣，他也不想管不知悔改的人。

但是，也不能殺了他們，因為這樣的話，案子就不算有個結束，無法真正完全地給家屬和死者一個交代。

我不要交代。

女性的血色面孔出現在他面前，染血的身軀帶著揮之不去的怨氣。

我只要、他們死。

□

「找到了嗎？」

整夜沒睡的虞佟和虞夏在能抽身之後，便急急忙忙地到監看室。

「東風小弟有找到一些行蹤。」站在一邊的嚴司指著站在各式畫面中間的乾屍，「小東仔還滿厲害的，他一個人可以同時看一堆監視器耶。」眞是神技，他怎麼就沒聽過前室友說過有這個神技！

「他去了死者住家附近。」也沒回頭，正在看不斷跳動畫面的東風說道：「雖然沒有拍到，但是可能被一輛黑色小轎車載走了，比對時間點，轎車離開之後虞因就不見了。」

「我們剛剛把車牌給小伍，結果說昨晚已經報失竊贓車了，失主好像下班才發現車子不見，原本是早上上班停在馬路邊，大概是八點多那時候停的，後來失主就都在公司裡沒出公司。」嚴司聳聳肩，坐在一旁的聿也死瞪著螢幕，同樣一整晚都沒睡，「請小伍幫我們一路調過去畫面，發現車子上了國道三，往南部去了。」

「如果是要殺人，就不會特意走國道，可能有目的地載走。」按下停止鍵，東風揉揉痠澀的眼睛轉過來看著雙生子，「再下去必須跨區調閱，要申請報告的，所以還在等片子，上國道後的時間約是下午三點左右，在那之前，中間有段時間曾去過幾次便利超商，但對方都戴著帽子，並沒有拍到臉孔。」

「而且拍到的人很有趣喔，老大你們一定也認識。」用力伸伸懶腰，嚴司冷笑著招手，「來看看如此熟悉的身影。」

拍拍一旁的車，虞夏和虞佟上前去看停格的畫面，然後雙雙瞪大眼睛。

走進某家超商中的人，稍微有點跛，但還是走得很穩，雖然對方壓低了帽子，不過背影熟到不能再熟。

「蘇彰！」虞夏握緊拳頭，「阿因在他手上？」

「上次那個殺人犯嗎？失手那個？」東風覺得很可惜，怎麼沒把隔壁的法醫殺掉，真的太可惜了，他在看新聞時都覺得犯人太失敗了，有兩、三次機會都沒殺死，到底是怎麼當犯人的。「他暫時沒打算殺虞因。」

「是……他買的東西都是兩份。」勉強冷靜下來，虞佟仔細注意著對方購買的物品，大多都是兩份兩份地買，有水也有食物，最後上國道前買的分量比較多，看來要去的目的地有段距離，所以先準備好。如果要馬上殺一個人，不會這麼大費周章，蘇彰那個人肯定也知道他們會調閱監視器，他並不怕被拍到，應該也知道他們會追上去。

他的確沒想要殺阿因，而且有很大的機率是原本就有把阿因放走的打算。

但是這都只是目前的推測。

「調到國道的……欸？你們都在這裡喔。」從外面走進來，手上還提著袋食物的小伍立即就感覺到滿室的肅殺之氣，讓他不由得縮縮脖子。「我問了國道同仁，他們有幫我們追蹤了一下，發現車子最後是在高雄附近下交流道，不過早上有人去報案了，那輛贓車已經被發現了，就停在交流道不遠的田邊，因爲那邊平常沒有人，所以沒有目擊者。」

「他們換了其他車輛。」東風接過了借來的光碟，一旁的嚴司晃出去接手機。

「對了，今天晨間新聞有快報，說之前那個割喉之狼出現在台南耶，但是這次眞的割死人了。」把袋子裡的食物放到桌面上，小伍招呼著幾個人快點先吃些，「清晨五點多時，在社區公用停車場發現有人死在那裡，手法和之前的割喉之狼一模一樣，不過似乎曾與對方發生扭打，所以一個不小心割斷了頸動脈，當地早起晨跑的居民發現時，已經失血過多死亡了，晚一點大概會有完整報導。」

「之前那個？」虞夏皺起眉，直覺感到不對勁，實在是太巧了，「就是我們在追查蘇彰那段時間出現的割喉之狼嗎？」

「嗯啊，前幾天還有出來犯案，沒想到跑去台南了。」小伍咬著飯糰，「交通太方便了，嫌犯流竄換位置很快啊。」

「誰負責的？」

「嗯？隔壁的阿陳他們啊。」

虞夏看了眼虞佟，直接走出去隔壁要資訊。

「你們有消息再通知我，我現在馬上下高雄一趟。」虞佟轉身直接要離開。

「等等，先讓我來個勁爆的消息。」剛要進來的嚴司正好擋住路，朝著在場人士宣布：「我台南那邊的學長剛剛打電話來，他說割喉之狼的死者是我們這邊過去的，眞的是超級無敵地巧咧……死者叫宋傑瀚。」在死者身上發現證件之後，與他有私交的法醫學長就立刻給他撥電話了。

「宋傑瀚死了？」虞佟愣住。

「是啊，死到不能再死了，失血過多，怎麼割喉之狼偏偏就是選中他。」嚴司聳聳肩，「學長說看起來是爭執不小心割斷的，因爲脖子處有幾條比較淺的痕跡，手法有點粗糙，看起來就是一般人的錯手。」

「這也太巧合……」小伍歪著頭，說道。

「你們可不可以出去。」打斷了一群人的交談，東風語氣不善地開口：「吵到我了，出去。」這些人讓他想好好集中精神專心看畫面都沒辦法。

「學弟你……」

嚴司上前去正打算進行一下友善的群體合作交流時，一陣手機聲打斷了他的話。

拿起自己的手機，虞佟看見上面的來電顯示後皺起眉，「阿因？你在哪裡？」他一說，聿立刻從位子上站起來，連東風也回過頭，所有人都盯著他。

通話那端傳來了低笑聲，虞佟一聽就知道不是虞因的聲音，於是將手機轉成擴音，「你是蘇彰嗎？」

「果然跟我想的一樣，不錯，動作很快。」

使用著虞因手機的另一端，傳來覺得有趣的聲音，「不過你們不用擔心，虞同學是我意料之外的客人，並不在我的勞動範圍內，我載他出去繞個一圈吹吹風，估計中午就可以還你們了。」

「你們在哪裡！」

一旁的東風朝虞佟做了個手勢，然後開了旁邊的電腦開始連線追蹤。

「買土產，我記得虞同學滿喜歡買甜的，都出來兜風了，就順便買點禮物，不然大老遠地跑一趟還滿累人。」通話聲中傳來塑膠袋摩擦的聲音：「你們也不用辛辛苦苦又看監視畫面又追蹤電話，我們都已經快回來了，追過去也是找不到人的呦。」

「你要把阿因帶到哪裡？讓他接手機。」握緊拳頭，虞佟咬牙繼續問道。

「恐怕沒辦法，不過你們放心，我會帶他回上車的地方，自己過來帶回去吧。」

「你——」

還沒講完，手機已經被切斷通訊了，虞佟立刻轉向一旁的東風，後者聳聳肩，表示沒追到位置。

「被圍毆的同學不就在死者住家附近被拐的嗎？」環著手，嚴司看著很少動怒的虞佟，「先過去埋伏？」

「對，小伍來幫忙。」

「好！」

看著虞佟離開，聿連忙也跟上去。

「學弟你不去湊熱鬧嗎？」看著一群人很快跑光，嚴司問著還站在監視畫面前的人。

「我不是你學弟，滾。」

□

現在到底幾點？

動了一下手指，虞因才發現自己又昏沉沉睡過去，也不知道睡了多久，身體和腦袋還是一樣沉重。

和稍早不同，他整個人橫躺著，位子好像變寬了，是在某輛大空間箱型車的後方，除了駕駛座和副駕駛座，後頭沒有坐椅、只有載貨空間，他就直接躺在後頭，旁邊竟然還有一袋眼熟的布丁。

很累，全身上下都很疲倦，而且還不斷傳來各種疼痛。

空氣是悶熱的，窗戶和車門完全緊閉，連點風都沒有。

勉強自己翻過身，用力地撐起身體，一動，某個東西從身上掉了下來，虞因才看到是自己的手機，被改成無聲模式，上面有很多未接來電，模糊的視線只辨認出全都是他大爸、二爸還有聿打的。閉了閉眼睛，等視線比較清楚點，他才看見螢幕顯示時間是上午十點左右。

他好像已經在這裡躺很久了，口非常乾。

無力地倒回去，虞因伸出手按了手機，也不知道按到誰的電話就開始撥號了，手機也很適時地給他發出快沒電的聲音。

閉上眼睛，大概幾秒之後手機就接通了。

「你這個渾小子到底在哪裡————」

也不知道爲什麼，虞因突然笑了出來，這種時候聽到怒吼莫名有點高興。

動了動嘴巴，好不容易才發出虛弱到自己都聽不見的聲音：「車裡……後車箱……」

「什麼車？蘇彰那個渾蛋有在你旁邊嗎！」

「沒人……箱型車……」他很想爬起來看看周圍景物，但太累了眞的動不了，剛才費盡力氣翻個身，就整個人頭暈眼花，現在眼前都還黑灰黑灰的，「車裡……」

「你不要掛斷電話！」

「嗯。」

偏過頭，他看見全身是血的女性就端坐在他旁邊，半毀的面孔是朝向外面的，好像在等待什麼。

「爲什麼……」

爲什麼一定要這麼極端解決？

她不想讓案件告一段落，只想讓加害者消失在世界上。

女性緩緩地轉回過頭，受創的面孔開始扭曲，慢慢地恢復了原本姣好的容貌，眞的是個非常美麗的女孩子，是那種在路上走，肯定會有很多人被吸引的漂亮。

她伸出手，帶著冰冷的寒氣覆蓋在他眼睛上。

他知道她原本是很容易滿足的女孩子，只要可以閱讀和不斷上課就非常高興，她喜歡讀書勝過一切，家裡吵得沸沸騰騰時，她也還是努力認眞地讀書。

畢業之後，她的高學歷和豐富知識一定可以爲家裡賺許多錢。她要買大大的房子把父母都接過去住，要大大的書房塞滿了書，社區大學也好、補習班也好，她會繼續自己喜歡的事物。因爲如此，在班上她也和同學處得很好，她不和別人搶男友、不和別人比美，她只喜歡上課，所以不成爲任何人的敵人。

在考試前，她還幫大家畫重點加強複習。

她很幸福，她的生活無所求，只要這樣就夠了。

但是一切都毀於新租屋的鄰居，看似人很好的夫妻檔，在她搬入之後經常對她噓寒問暖，讓她感覺到人性非常美好，所以完全沒有防備，直到有一天，獨自在家的丈夫請求她幫忙事情，卻將她壓在地上時，她的人生就此破裂。

她想求救，對方卻出示一切一切讓她不敢抵抗。

她想請求對方妻子幫忙，卻得到冷眼和警告她不得張揚，不然要告她妨礙家庭讓她全家顏面無光。

她害怕，所有的事情只敢告訴一個未曾謀面的網友，但是卻無法改變什麼。

之後的一次清晨，她受不了想要回家，卻被跟出來的丈夫壓在無人的街道邊，強迫她要配合。

這件事情竟然成爲後來樓下老闆威脅她的工具。

她逃不掉，曾經那麼喜歡的書本變得陌生，連一點喜悅都無法帶給她，課業甚至一落千丈，她卻無法在乎。

她沒有錯，卻變得如此骯髒。

我不想死。

我不想要死……

所以，他們該死。

「這樣……還是不對的……」

他還是無法認同這種作法。

女孩朝他微微一笑，那種很單純、讓人驚艷的美麗微笑。

沒關係，全都結束了。

「什麼？」

巨大的爆炸聲代替了女孩的回答。

虞因只覺得車子被震動波及，整個重重地往旁邊一掀。

然後他就什麼都不記得了。

12

昨日知名小吃店驚傳瓦斯氣爆，因店內囤積大量瓦斯桶，爆炸規模相當大，連幾條街外的住戶都能感受到餘波。

據報，本次氣爆引起了大火，幸好適逢小吃店公休日，並無員工被捲入，小吃店樓上住戶也正好外出，並未被捲入災害。

僅在消防隊下午撲滅火勢後，發現店內有一具男性焦屍，據指認很可能是小吃店老闆，本次爆炸規模……

他清醒時，聽到的是電視新聞正在播報的聲音。

「醒了？」

最近好像總是在清醒時分看到骷髏臉，接著骷髏被推開，聿的臉就出現在上面了。

「……我怎麼了？」先感覺到的是全身上下無力虛軟，虞因閉上眼睛呼了幾口氣，等到有點力氣之後才又睜開。果然是在醫院，白色天花板、白色被單，以及有著消毒水味道的空氣，太熟悉了，不用看就知道。

「小吃店瓦斯爆炸，附近有幾輛車被波及翻覆，消防隊把你從其中一台裡面拉出來，沒有大傷眞是幸運得很。」坐在一旁，東風切換著電視頻道，「現在已經是第二天傍晚了。」

讓聿幫忙把自己扶起來，虞因轉過去，就看到某個在轉電視的傢伙手上竟然也掛著點滴瓶。「你又怎麼了？」

「小東仔學弟熬夜又沒吃飯，結果在警局暈倒，也被抬進來，附註一下，你們現在住的是雙人房，剛好一起睡還可以分攤病房費用。」推開病房門，剛好走進來的嚴司順便幫忙解答：「被圍毆的同學，回來有沒有什麼心靈層面的感觸啊？」

「並沒有。」看到旁邊的聿一臉擔心，虞因搓搓他的腦袋，這才發現自己的頭怪怪的，一抓就抓到繃帶。

「你額頭有被鈍物敲過的痕跡，看傷口模樣，大概是被石頭一類的東西砸了，被圍毆的同學你有印象嗎？」把手上的水果零食遞給聿，嚴司就自己抓了張椅子在旁邊坐下來。

摸著頭，虞因想了想，「沒有。」他只覺得腦袋昏沉沉的，沒什麼記憶。

「你南台灣跑一圈了你有沒有印象？」嚴司露出很有興趣的表情。

「……沒有。」感覺好像有在什麼地方待過，不過虞因還是想不太起來。

「你在黃金海岸裸奔一圈，還被電視台報了一整天當頭條你真的都沒印象！youtube上面白屁股的點閱率都已經快破十萬了耶！」

「靠，嚴大哥你說謊！」虞因立刻就清醒了。

「嘖。」坐正身體，嚴司翻開手上的資料夾，「好吧，我是來工作的，有沒有覺得頭暈？」

「還有點。」

「生前還記得什麼？」

「……現在還是生前，你不是來工作的嗎你！」虞因直接抄起枕頭砸過去。

「好啦好啦我幫你檢查一下。」闔起本子，是真的來工作的嚴司開始檢查傷勢大典，還順便繼續聊天，「你記不記得把你帶出去的是誰啊？」

「沒什麼印象……應該是個男的，好像有講到話……」皺起眉，虞因閉上眼睛，努力地想從一片混亂的腦袋裡想起點什麼，但是記得的事情真的很少，「死者在我身上……然後有血、有人死在停車場……開車的人沒有五官……不對，應該是遮住了……想不太起來，奇怪了。」

「正常，你被打了K……嗯，就是有人幫你打了麻醉針，會有點副作用。總之你這兩天乖乖吃、乖乖睡、乖乖拉就沒什麼大問題。」謄好資料，檢查大致上告一段落的嚴司，把資料夾塞回公事包，「先跟你說，宋傑瀚還有那個羅老闆升天了，一個被放血殺死在台南，一個店裡面氣爆燒死在裡面。根據現場傳來的報告，廚房裡有很多破碎的酒瓶，不排除他是自己在那邊喝酒不小心造成瓦斯外洩釀成的意外。」

也不知道爲什麼，虞因覺得自己完全不驚訝，他彷彿已經知道會這樣了，完好的心理準備讓他一點錯愕都沒有，「果然是這樣嗎……」他隱隱約約記得有個女孩子告訴他全都結束了。

他們該死。

所以，死了。

「我回去還要面對烤過頭的焦屍，唉。」覺得自己很可憐的嚴司看了眼新聞，不過比起來，虞夏他們那邊是整個亂成一片，所以他算很好了，他只有屍體要面對，不用面對媒體。

「快滾。」從頭到尾都不想看渾蛋的東風丟了一句。

「小東仔學弟，何必如此不親切——」

「不要碰我！走開！」

聽著旁邊的吵鬧聲，虞因長長地吐出一口氣。

一邊的聿摸摸他的頭，低聲地詢問：「全都沒嗎？」

「都想不起來了。」

看著天花板，虞因只留下一種無奈的深長遺憾感。

□

一名女人靜靜地坐在椅子上。

「這是宋傑瀚的老婆，陳秀敏，今天中午自己來投案的。」

看著室內的婦女，虞夏朝一旁的員警點了下頭，然後走進去。

「你們可以抓到殺我先生的凶手嗎？」臉色有點蒼白，但仍看得出清秀纖細的女性這樣冷漠而憤怒說道：「割喉之狼已經出現那麼久了，為什麼警方到現在還抓不到，才害死我先生，這全都是你們的錯。」

「關於這件事情，警方會繼續追查。」看著眼前的女性，虞夏一樣很平板地開口：「在此之前，我們想詢問妳另外一件事。關於譚雅芸、你們隔壁租屋的死者，我們有絕對證據相信事發當時妳也在場，當天的刀子我們也已經尋得，上面的血跡並不是宋傑瀚所有。」刀子上的持握指紋則爲死者所有。

「所以呢？要向我取得DNA做檢驗嗎？」冷笑了聲，陳秀敏拉開了衣領，露出一半胸口，白皙的肌膚上有條淺淺的刀痕，「不用那麼麻煩了，我的確在場，只是教訓教訓那個不知天高地厚的八婆，誰知道她會自己摔下去。」

「我們的目擊者親眼看見你們夫妻將她推下陽台，鑑識人員蒐證後也在陽台處找到不少掙扎時留下的指紋。」虞夏看著極度冷靜的女性，說道：「另外我們也希望釐清當日在賣場中爲何妳會一直盯著譚雅芸。」

「小孩子胡說就可以當證據嗎？」撥了下頭髮，陳秀敏拿出了菸盒，在對面的警察指指室內的禁菸標誌後又收起來，「那天我在賣場看到那個八婆在選刀具，我就一整個不安，打了電話給我丈夫叫他要小心，沒想到那賤女人眞的拿刀要殺我丈夫。幸好我及時趕回家，在教訓那女人時她自己摔倒摔出去，我們還好心地想救她，誰知道她自己在那邊撐不住，就摔下去了。」

「這可和我們目擊者的說法不同。」虞夏皺起眉。

「那你們去找證據啊，去找畫面啊，沒憑沒據拿個小孩亂講話就想誣賴我們。」握著拳頭，陳秀敏不悅地說道：「警方該不會是想用這個理由吃我先生的案子吧，他可是死了喔！」

「割喉之狼的事情，我們南部同仁會全力追查，小孩有沒有亂講話，我想證據會說話，到底是摔倒還是被你們推下去的，一定會證實。」

陳秀敏拍了一下桌子，「那你們就去找證據說話啊，我可是受害者，那個八婆破壞我的家庭、想殺我先生，現在連我先生都死得不明不白，警察就只會在這邊逼迫家屬嗎！」

因爲對方語氣太咄咄逼人了，虞夏壓下不滿，盡量讓自己語氣冷靜：「是宋傑瀚逼迫別人在先。」

「那女人有種就去報警啊，專線那麼多不會去打一打，我先生叫她來她就來嗎！真的不想要都不反抗嗎！還不是拿了我先生的手機隨傳隨到，怎麼會有人這麼賤，說什麼不要都是騙人的，半年來兩個人在我家做了多少次，我沒告她妨礙家庭已經算很容忍了！」站起身，陳秀敏憤怒地叫罵著：「我每次下班看到她脫光光躺在我床上，我就一肚子噁心！在那邊裝受害、裝可憐，到底是有多可憐！」

「謝謝妳幫忙證明性侵部分，其他的事情就慢慢和檢察官說吧。」也跟著站起來，虞夏看著錄得差不多的對話：「我想就說到這裡吧。」再不打住的話，他還眞的想往對方臉上揮一拳。怎麼現在的人都可以說謊說得如此理所當然，似乎自己完全沒錯的樣子。

「你給我站住！你知不知道我後面有誰！你給我小心一點！」

對了，最近的人講話也都很雷同。

虞夏懶懶地回過頭：「我不知道妳後面有誰，有誰也沒關係，隨便你們吧。」說完，他也不想管尖銳的叫囂聲，走出房間後讓別人盯住嫌犯，就決定先回去補眠了。

這兩天幾乎都沒睡到什麼，還要應付層出不窮的事情，他都覺得有點疲勞了。

看了一下時間，外面的天色都黑了，不知不覺又過了一天，虞夏開始覺得自己可能眞的有點年紀了，各方面都很累，看來最近還是排個連續假期吧，他已經很久沒有好好休長假了。討厭的事情和人太多，或許暫時不要看會比較好一點，該適時地幫自己充點電。

「怎麼了？」拿著報告走出來，虞佟正好看見自家兄弟在走廊上發呆。

「沒事，覺得以前大嫂明理眞是件好事。」聳聳肩，虞夏打了個哈欠。

「什麼啊。」笑了笑，將報告遞給對方，虞佟跟著靠在走廊邊，「東風提出給我們的協助參考，監視器循線追蹤發現轎車被棄置之後他們換了車。同樣是贓車，立即調頭返回，台南那邊的停車場監視器那天正好壞掉，什麼也沒拍到，但是路口監視器發現他們清晨時進了台南一帶，後來又換了一輛車子離開；時間點上，他們應該是上午七、八點左右就回來了，電話上說中午要把阿因帶回來是誤導我們。一路上所用的車子全都是贓車，但很巧的是，都是在使用完後車主才發現車子不見進而報案，所以國道上完全沒有贓車紀錄。」

「眞是個奸詐的渾蛋。」看著資料清單，虞夏罵了聲。

「實際上，並沒有監視器拍到換車的畫面，他們都是開進很偏僻或是沒有監視器的地方就消失了，東風好像是過濾後才重新鎖定車子繼續追蹤。」不得不認同那個年輕人有點意思，虞佟指著上面端正的字跡：「一直到開回台中的休旅車全部都接上了，失主在經過通知後連原本不知情的也都報了失竊，基本上應該是沒有錯誤。」

「確認過沒問題就採用吧。」闔上資料，虞夏呼了口氣：「你覺得割喉之狼就是蘇彰嗎？」

「如果是，那麼前面幾個受害者只是故布疑陣。」沒忘記那個在逃的凶手最喜歡的就是編故事，虞佟說著：「宋傑瀚才是他眞正的目標，讓人覺得只是割喉之狼的失誤。」

「我也這麼認爲，但是他殺宋傑瀚沒有理由。」想不出來有什麼原因讓蘇彰費這麼大的勁去殺不相干的人，虞夏有點頭痛。

「或許，他針對的很可能是兩個人。」

「羅強？」

「嗯，我們見過他在羅強店家前面徘徊的照片，阿因被帶走時他就是出現在那裡，阿因被帶回來也是在那裡，然後羅強的店就氣爆了，他也死在裡面，你覺得會這麼湊巧嗎？」看著與自己一模一樣的面孔，虞佟淡淡地說著：「消防弟兄那邊告訴我，羅強的店發生的氣爆和先前楊德丞那邊氣爆的原因幾乎一模一樣，只是規模更大……如果說，楊德丞只是他的練習呢？」

空氣有瞬間沉默了下來。

「我們沒有證據。」虞夏嘆了口氣。

「是的，我們沒有證據。」不管是割喉之狼或是店面氣爆，他們都沒有任何證據，「我們甚至連動機都沒有……假如眞的是他，沒有任何原因、沒有立場。」而且，他們也不知道爲什麼清晨的時間，宋傑瀚會出現在那座停車場，還那麼剛好就被殺死，全部都還未解。

「那種人大概不用原因。」看著天花板，虞夏這時候突然很想回家，坐在沙發上懶懶地泡杯熱茶，「或許，他就是電視上看見報導，臨時起意罷了。」

只是這種說法連自己都不信。

「也有可能，凶手眞的是別人呢。」拍拍兄弟的肩膀，同樣感覺到一種挫敗的疲累感，虞佟苦笑地說著：「整理整理，一起去看阿因吧。」

他知道，不能接受這次案子結果的不只自己，這種結果說什麼都無法讓人接受，但是晚間新聞上，家屬已經當著媒體的面譴責對方死有餘辜，所有人辛辛苦苦翻的案，就用這種方式告結了。「走吧。」

「嗯。」

□

晚上九點。

「大檢察官，你還不下班喔。」拎著飲料探頭進來，嚴司往辦公室內看，果然看見他家前室友一如往常地坐在辦公桌前，旁邊還疊著一堆卷宗。

抬起頭，黎子泓才注意到時間，「差不多了。」蓋上手邊的檔案，他很乾脆地站起身，坐到小沙發邊。

看著友人，嚴司笑了下，「你這個傢伙，你剛剛根本是在發呆吧。」如果在看案件的話，才不會這麼乾脆放下。

「我只是在想，凶手就這樣死了，還沒有起訴也還沒有定讞，到底算不算完結。」握著溫熱的紙杯，黎子泓總覺得有股氣悶著散不開。

「反正人都掛了，還能怎樣，頂多罪名確定，也不能關骨頭……說眞的，怎麼就不能關骨頭咧，人翹了就啥事都沒了，不如把骨頭關一關人家還比較怕。那種『唉呦死了還要被關骨頭』之類的，說不定多少還可以遏止犯罪喔！」咬著叉子，嚴司很認眞地提出建議，「下次你起訴書上寫看看，依照犯罪的嚴重度，建議把骨頭關起來，看看會不會通過。」

「不會。」一秒回答對方這兩個字，黎子泓斜了他一眼，然後才喝了口飲料，「你怎麼可以想這麼多廢話。」

「這你就要去問我媽了，她生我時生了這麼多廢話一起來我也沒辦法。」完全無視對方受不了的表情，嚴司大剌剌斜躺在沙發上，「反正家屬覺得這是最好的結果，你就當作這樣吧，而且被圍毆的同學也說那時候阿飄就在他身上，搞不好死者阿飄本人也希望這樣。」

「你認爲他們全部都應該死嗎？」看著杯子裡的倒影，黎子泓輕輕地問道，「即使沒有殺人，如先前張美寧事件裡的其中一個受害者，都眞的應該死嗎？」

「張美寧的事先不提，我覺得性侵就應該要重判，那根本是害人家家破的悲劇，女孩子沒辦法保護自己，之後我們做的事情都只能盡量幫她撫平，卻沒辦法還她原始的和平生活，不是嗎？」嚴司懶洋洋地看著內心大概糾結成一大團的友人，「不過私刑本來就很不好，你們的感受應該很深吧，明明知道可能是被另外宰的，還沒證據可提發。」

「對於司法不能眞正審判，的確是。」但是對於家屬來說，卻是最好的結局，這也是家屬希望的。只是，眞的不應該這樣子，社會已經夠亂了。黎子泓嘆了口氣，「可是，我想家屬應該和我們相反吧。」今天若是走法院，不管是宋傑瀚或是羅強很可能都會沒事，或者幾年後重回社會，對於家屬來說反而是一種打擊。

就是因爲如此，黎子泓才更加無法釋懷。

即使所有的蒐證都指出事實，到現在唯一存活的陳秀敏還是堅持另一個說法，之後也會不斷提起上訴吧。

拖延的判決與立即的結束，公正的與非法的。

「我不能認同這個案子結束。」但隨著死亡，也終將畫下句點，死者被性侵的事情也好、被威脅的事情也罷，都隨著三人死亡而無從對證了。黎子泓感到非常挫敗，他只想幫死者平復，卻不用再做了。

嚴司拍拍友人的肩膀，「吃飽點，回家好好睡一覺吧。」

或許，醒來之後會有其他的啓發。

「對於這次的事情，你是怎麼想的？」看著正在拿食物的朋友，黎子泓突然問了這句。

停下動作，嚴司笑了一下，「你確定你想知道答案嗎？」在失落的人腦袋上重擊好像有點不道德。

「……算了。」黎子泓突然不想知道了。

「不過我大概可以猜得到小東仔的想法。」戳起盒子裡的小蛋糕，嚴司嘿嘿地說道：「那小子嘴裡都說不想幫忙，結果超勤勞的，連追蹤都寫好報告了，他想抓到凶手，不管是蘇彰還是譚雅芸的事情，你不覺得他很常出現嗎，他也想讓事情的眞相不被掩蓋。」

黎子泓笑了笑，開始吃起遲到的晚餐。

「所以，我才說我跟他不一樣啊。」

□

幾天之後，譚雅芸跳樓的事情再次重新被媒體報導。

媒體揭露了性侵的眞相，完完全全地把那些悲慘的事情重複播報再播報，繪聲繪影地描述亡者的慘況，每每還穿插訪問家屬的畫面，讓家屬痛哭的影像不斷出現在畫面上。

社會譴責著侵害者，贊同地說著死得剛好的話。

陳秀敏的官司持續著。

又過了幾日，這件案子開始消失於新聞中，就像其他新聞一般，在無限重複、沒有新聞價值之後，終將被遺忘。

看著大樓新聞牆，自稱是ＢＢ的人勾起笑，壓低帽沿消失在人群當中。

「徐志高復元良好，評估過不久就可以出院了。」

整理著出院行李，虞佟回頭正好看見被聿拉著走動的虞因。「小孩子的恢復力果然很好，傷勢已經都無大礙了，比較起來，葉翼眞的很可憐，可能不會再清醒了。」幾日下來，另一個受害者完全相反，顧守在床邊的母親依舊相信他會醒來，堅持要一直照顧下去。

「說不定會醒。」虞因搭著聿的肩膀，幾天下來他也恢復得差不多了，額頭上的傷口好很多了，和聿的一樣。這幾天李臨玥那幾個渾蛋也跑來醫院嘲笑他外加求償，說他失蹤害大家都跟著徹夜沒睡到處找人，出院之後他欠大家一頓飯之類的，直擊他的荷包。「小孩子嘛，很多事情都有可能，我想一定會醒的。」

「我也這麼希望。」拉起拉鍊，虞佟拍拍背包，「阿因，你還想不起來嗎？」從送到醫院至今，虞因沒有再透露更多那天他被帶走的事情了。

「嗯……」他的記憶還是模糊的，殘缺的片段也拼湊不出更多的東西。虞因搖搖頭，「不記得，不過那個女生已經走了，你們可以放心。」他知道，譚雅芸已經不在身邊了，兩個侵害者死亡之後她就不見了，完完全全消失了。

「希望是這樣。」虞佟微微嘆了口氣。

「眞的是這樣啦，大爸你就不用擔心了，她大概就是完成想做的事了。」走過去搭著自家老子的肩，「不都是這樣嗎，死者心願已了，安息升天。」

「你這是跟阿司學來的嗎？」微笑了下，虞佟偏過身看著自家兒子，「不過活人可能還須要追究，該怎麼辦呢，阿因？不是有人自己說不會有事、也會報備的嗎，沒想到還被綁架去了南部，讓大家追得焦頭爛額，這該怎麼解釋呢？」

突然覺得背脊很冷，虞因驚恐地往後倒退一步，才發現聿也用一種打量的眼神在看自己，他瞬間就有種「砧板上的肉塊」之感。「我可以問一下，二爸今天該不會也提早回家吧？」糟糕！他都忘記回家還有地獄！

「正確來說，夏今天休假喔，如果沒人找他，現在應該在家裡思考要怎樣處理你吧。」看著自家兒子一臉大禍臨頭的表情，虞佟很同情地聳聳肩。

「等等，做人父親的應該說這種話嗎！你應該勸阻二爸才對吧！他是你弟啊，怎麼可以放任他一天到晚打你兒子！」這是家暴！絕對是家暴！虞因突然覺得自己在家裡的地位非常悲慘。

「該怎麼說呢，他也是你爸爸，父親的指教就虛心地接受吧。」拍拍虞因的臉，虞佟突然覺得自己有種看好戲的心情，「總之，你也就趁此機會反省一下。」

「不應該是這樣吧，這叫人直接認命的態度到底是怎麼樣，大爸你才在學嚴大哥吧！小聿你評評……」抓著旁邊的傢伙，虞因發現他居然也是一臉「你安息」之類的表情，「小聿你竟然還同意！同意什麼！」

「不守信用。」對於消失的蛋糕還有約好一起去之類的事情很記恨，聿完全打算在一邊看熱鬧。

「這、這裡面有很多誤會。」虞因馬上就想起來之前的承諾了。

「不守信用。」聿很堅持地回覆。

「回去我慢慢再跟你解釋啦，這個月一起去吃甜點吃到撐死好不好，找個兩天我們出發去宜蘭嘛，那裡也有很多好吃的啊。」亡羊補牢地開始拐小孩，虞因提起自己的行李，搭在對方肩膀上開始進行邪惡的引誘，「如何，牛舌餅、包心粉圓什麼的，你不會很想吃看看嗎，之前李臨玥那個女人還說有奶凍捲喔。」

「……」

「那就這樣說定啦。」

看著自家兩個小孩有說有笑地晃出去，虞佟勾起唇角，隨後跟著走出去。

「回家吧。」

「這次眞的很謝謝你的幫忙。」

將買來的東西放在一邊，黎子泓打開了空無一物的廚房櫃子，然後搖搖頭，把帶來的泡麵、乾糧補給品什麼的一一擺入其中，「找時間出來吃個飯？」

「不用了。」坐在客廳雕黏土的東風頭也不回地說道：「你們少來煩我。」

「虞因他們有空來找你可以嗎？」走出了廚房，黎子泓隨手看了下放在一旁桌上的電腦，和上次來的時候一樣，不斷發出一種怪聲，也不知道是電腦本身故障或是什麼音效檔。

「或許也會有他朋友，幾個小孩，跟你年紀差不多。」

「……不認識的不要進我房子。」

「那麼我就這樣告訴他們了，你三餐要記得吃，我下次再來。」

「再見。」

室內又恢復一片寂靜，除了電腦發出的聲響。

過了片刻，東風將手上的雕刻刀插在滿是傷痕的木桌上，站起身，取消了螢幕保護程式，電腦桌面上很快地出現了張女性的相片，幾個視窗就開在一邊不斷閃爍跑動著。

他停下搜索資料，出現的全部都是這次譚姓死者相關的各種報導，從一開始到最後，家屬們原來準備著自殺喪禮到後來得知性侵的憤怒、怨恨、悲傷與哀鳴。

其中有一則記者對死者大哥的短暫訪問——

「請問知道妹妹是被性侵與他殺之後，你們有什麼感想？」

「……我們全家都非常生氣和難過。」

「如果可以選擇，你們會想知道眞相嗎？單純自殺結案，是不是比較不會那麼難過？」

「的確，如果早知道妹妹是被性侵和殺害的，不如一開始誤認自殺就好，我們眞的、非常地難過，我父母現在一天到晚想起妹妹就不斷掉眼淚，她死得太慘了。比起來，那兩個凶手眞是死得太舒服了，他們沒有經歷過我妹妹的慘……眞的不如不知道算了，才不會到現在這麼痛……」

聽著影片中悲傷的話語，他突然覺得一陣噁心。

各式各樣的記憶不斷閃過，直到那股感覺再也壓制不住，他捂著嘴巴衝進廁所嘔吐，想把所有不快都吐乾淨。

在主人離開之後，電腦中的片斷依舊繼續播放。

「但是，即使如此，我們還是想知道眞相。」

「謝謝那些幫我們找到眞相的人。」

□

在徐志高出院要被送往寄養家庭的那天，他特地要求了社工人員帶他去看看葉翼。

和醫院聯繫之後，他小心翼翼地到了病房外面。

「姊姊在這邊等你，要快一點喔。」

躺在病床上的小小身體是他最好的朋友，在所有鄰居、老師和同學都避開他的時候，他就只有這個朋友，就算別人都要他不要和自己混在一起，他還是很單純地陪他玩、陪他躲，還把零用錢和午飯分給自己一半。

他不太懂大人那些話語，只知道葉翼可能永遠就這樣了，一直躺在床上，誰都不曉得、誰的話都聽不見，不可能再起來像以前一樣，也不可能再被他拉著到處走了。

這些全都是那個人害的，那人打他還不夠，還害死他的朋友。

他媽媽不要他、老師也不想和他扯上關係，同學也不喜歡他，所以他被打沒關係，痛完就算了，但是那個人爲什麼要害他的好朋友。

走進病房中，葉翼的媽媽抬起頭看他，眼中閃過的是一絲嫌惡，所有大人都是這樣的，他已經很習慣了。

葉翼躺在床上，眼睛是半睜開的，感覺上好像跟平常一樣，但卻又不同，他完全沒有反應了。

「你快點好起來，上次你說很想要我的珠子，都給你。」把很多彈珠放在枕頭邊，徐志高有點不知所措，「我要走了，下次回來時，你要睡醒了喔。」

門外的志工姊姊朝他招手。

徐志高向葉翼的母親行了禮之後，跑出門外讓女孩子牽著離開；背對著的病房中，葉翼的母親輕輕地撿起了那些彈珠，放進垃圾桶中。

大人們已經幫他安排好一個寄養家庭。

聽說，那裡的新爸爸和新媽媽人都非常好、相當有愛心與耐心，家裡還收容了幾個和他一樣的小孩，在家庭的愛護下過得很開心。

他有點緊張，被帶到一間大大的房子前，他吞了吞口水，不知道以後會怎麼樣。

他可以聽見房子裡有其他小孩玩鬧嬉笑的聲音。

「不用緊張，大家人都很好喔。」鼓勵地說著，社工幫他按下了電鈴，很快地，就有個小女孩衝出來幫他們開門。

那個女孩非常地可愛，可愛到徐志高整個看呆了，他在學校都沒看過這麼好看的女生，笑起來甜甜的，簡直像是洋娃娃。

「爸爸、媽媽已經等你們很久了喔。」像是娃娃般細緻的女孩用燦爛的笑容歡迎來客，「我們今天早上一起做了很多蛋糕和點心，快點進來吧。」

「哇，謝謝，姊姊好高興喔，小高一定也很開心。」社工回以笑，好像和女孩很熟悉地說笑著。

「嗯、嗯……」看呆的徐志高好不容易才回過神，但還是捨不得轉開視線，直到那個女孩也轉過來看著自己，黑亮的眼睛清澈得讓他不自覺低下頭，滿臉發熱。

「你好，小高，以後大家會住在一起喔。」大方地走過來，女孩伸出手，帶著淡淡柔軟的香氣。「這裡有這裡的爸爸、媽媽，還有他們給我們的兄弟姊妹。」

不好意思地和女孩握了下手，徐志高好不容易才鼓起勇氣介紹自己，「我叫徐志高……呃、妳知道了，妳、妳是……」

女孩露出淡淡的微笑。

「你可以叫我雙雙，大哥哥都這樣叫。」

「雙雙……」

他著迷地看著對方，喃喃唸著。

女孩的笑意更深刻了——

「我是蘇潼雙。」

《惡鄰》完

【案簿錄小劇場】

護玄　繪

後　記

關於番外後書名
變動成案簿錄系列，
應該有很多人有些疑
惑。
大家好久不見
其實這背後
有種種大宇宙般
謎樣的原因。
。。。。。
總之就是如此
了，做為第二季也
請大家繼續多多指
教了。
給我好好解釋
啊喂！
趕稿趕稿

感謝大家。

新角色

東風是個性格稍微有一點點激烈的人。
多吃無益，能動就好。
好孩子請千萬不要學習，定時吃飯很重要。
不用你管。
學弟你能不能好好改變一下生活方式啊……

大概就是這樣的人

煩　惱

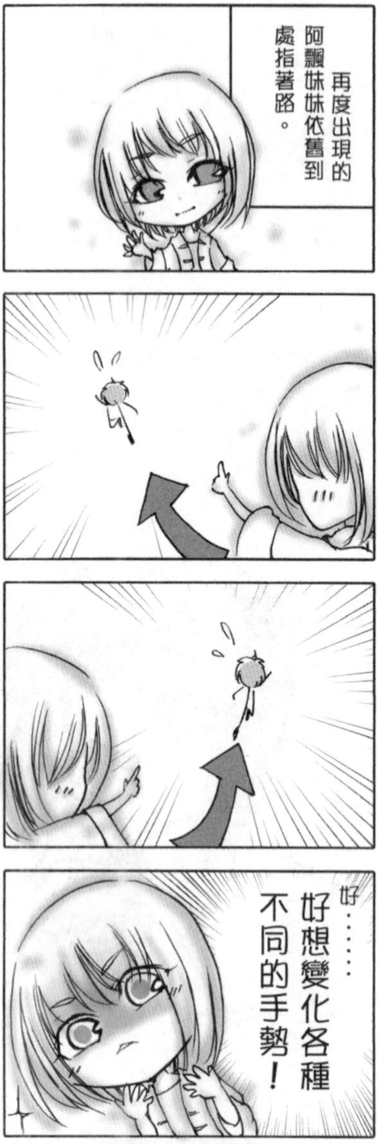

再度出現的阿飄妹妹依舊到處指著路。

好想變化各種不同的手勢！

最近的新煩惱

【護玄作品集】

因與聿案簿錄系列（全八冊）
山貓　水漬　彩券　祕密
失去　不明　雙生　終結

奇幻靈異、驚悚推理、歡樂搞笑
無聲的紫眼少年與身懷陰陽眼的衝動派，
因與聿的不可思議事件簿。

案簿錄系列 陸續出版
壹・殺意　貳・惡鄰

層層堆疊的案簿錄，逐漸拼湊出「它」的全貌……
繼【因與聿】系列後，護玄再次推出期待度NO.1的【案簿錄】系列。
原班人馬加上陸續出場的新角色，更添有趣互動；
新的故事主軸，將故事擴展至其他人氣角色。
奇幻靈異、驚悚推理，最熟悉也最新鮮的案簿錄！

異動之刻系列（全十冊）

輕鬆詼諧・全新奇幻
喪禮追思會上，一個個散發異樣感覺的人物接連出現、
奠儀收到了金額龐大的各國紙鈔，還有陰間通用貨幣！
喪禮之後，地下室竟無端冒出了吸血鬼公爵。
不會吧！住了十幾年的家原來是個大鬼屋……
17歲高中生開始了他的奇妙人生！

特殊傳說 新版 陸續出版
vol.1 **不存在的學園！**
vol.2 **大競技會的起始**
vol.3 **闇之競賽**

爆笑又緊湊的情節、青春嗨翻天的想像力與迷人設定，
在不可思議的誇張校園生活中，漸次鋪陳各個角色自我成長歷程。
新版以舊版二集合一的超值篇幅，加上全新繪製的內頁插畫及彩圖，
以及後續不定期收錄的全新番外篇，
讓人翻開故事，便一頭栽入屬於我們這一代人的特殊傳說！

國家圖書館出版品預行編目資料

惡鄰／護玄 著.——初版.
——台北市：蓋亞文化，2012.08
面； 公分.（案簿錄：2）
ISBN 978-986-319-005-9（平裝）

857.7 101014319

悅讀館 RE130

案簿錄 貳

惡鄰

作者／護玄
插畫／AKRU 封面設計／克里斯
出版社／蓋亞文化有限公司
地址◎ 台北市103承德路二段75巷35號1樓
電話◎（02）25585438 傳眞◎（02）25585439
部落格◎ gaeabooks.pixnet.net/blog
臉書◎ www.facebook.com/Gaeabooks
電子信箱◎ gaea@gaeabooks.com.tw
投稿信箱◎ editor@gaeabooks.com.tw
郵撥帳號◎ 19769541 戶名：蓋亞文化有限公司
法律顧問／宇達經貿法律事務所
總經銷／聯合發行股份有限公司
地址◎ 新北市新店區寶橋路二三五巷六弄六號二樓
電話◎（02）29178022 傳眞◎（02）29156275
港澳地區／一代匯集
地址◎ 九龍旺角塘尾道64號龍駒企業大廈10樓B&D室
電話◎（852）2783-8102 傳眞◎（852）2396-0050
初版八刷／2021年10月
定價／新台幣 240 元
Printed in Taiwan

GAEA
ISBN／978-986-319-005-9

GAEA

Gaea